DE WETTEN VAN

DRAKENEILAND

EERSTE WET
Doe voor anderen wat je zelf ook leuk zou vinden.

TWEEDE WET
Doe een ander niks aan wat je zelf ook niet zou willen.

DERDE WET
Iedereen houdt zich aan de beslissingen van de Parlevinkers. Eens per maand worden er nieuwe Parlevinkers gekozen: na Bombinie (21 mei) na Toedeledokie (21 juni) en na Astalabiesta (21 juli).

VIERDE WET
De Schout (gekozen voor de hele zomer) spreekt recht zonder dat de Parlevinkers zich ermee bemoeien. De hoogste straf is verbanning.

VIJFDE WET
Een vergrijp wordt uitgewist als de dader de gevolgen ongedaan maakt. Dus als je goedmaakt wat je hebt misdaan, kun je er geen straf meer voor krijgen.

ZESDE WET

Als iemand jou iets aandoet dat in strijd is met de Tweede Wet, mag je een klacht indienen bij de Parlevinkers of de Schout. Klachten worden in een hoorzitting behandeld en iedereen kan getuigen.

ZEVENDE WET

In de liefde is alles geoorloofd.

ACHTSTE WET

Je mag niet liegen. Niet over wat je in het verleden hebt gedaan, en ook niet over wat je nog zult doen. Dus wat je beloofd hebt, moet je nakomen, ook als het in strijd is met andere wetten.

NEGENDE WET

Als iemand om hulp vraagt, moet je hem helpen, tenzij hij iets in de zin heeft wat ingaat tegen de Tweede of de Derde Wet.

TIENDE WET

Als iemand in gevaar is, moet je hem redden, ook al breek je daarmee andere wetten.

Indringers op Drakeneiland

Lydia Rood

Indringers op DRAKENEILAND

Met illustraties van Kees de Boer

Leopold / Amsterdam

Eerste druk 2010
© 2010 tekst: Lydia Rood
Omslag en illustraties: Kees de Boer
Omslagontwerp: Petra Gerritsen
Uitgeverij Leopold, Amsterdam / www.leopold.nl
ISBN 978 90 258 5625 0 / NUR 283

Mixed Sources
Productgroep uit goed beheerde bossen
en andere gecontroleerde bronnen
www.fsc.org   Cert no. SCS-COC-001256
© 1996 Forest Stewardship Council

Uitgeverij Leopold drukt haar boeken op papier met het FSC-keurmerk.
Zo helpen we waardevolle oerbossen te behouden.

Inhoud

Een vreemd schip

'Check this out!'

De heldere stem leek uit de baai tegen de rotswand op te klimmen. Jeroen remde en slipte. Wie was daar beneden? Zwemmen in de Roversbaai bij vloed was verboden. Hij zou iemand kunnen aanhouden. Leuk! Dat zou hij elke dag wel willen. De meeste kinderen op Drakeneiland gedroegen zich veel te netjes. Niks aan voor een Koddebeier.

Hij legde zijn fiets neer, op de brokkelige rand van de klip. Op zijn buik schoof hij erheen, zich onderweg vastgrijpend aan pollen stug gras. Een steen rolde weg onder zijn voet; een stoffige pol liet los. Jeroen gleed een stukje in de richting van de afgrond... Tegen de tijd dat hij zijn hoofd over de rand stak, klopte zijn hart snel en bijna hoorbaar.

Diep beneden hem – het moest wel dertig meter zijn – lag een zeiljacht. Het blikkerde zó in de ochtendzon dat het pijn deed aan Jeroens ogen. Wat deed dat daar? De meeste zeiljachten waagden zich niet in de buurt van Drakeneiland. De mensen wisten niet beter of het eiland was onbewoond. Drakeneiland was het eigendom van meneer Papadopoulos. Behalve Jeroen en de andere kinderen van Drakeneiland had niemand er iets te zoeken.

Dus wat deed dat schip daar?

Nu zag hij figuurtjes op het dek. En een donkere stip in het water stak opeens een arm omhoog en werd een zwemmend kind.

'Er is hier een grot! Geweldig!' Ook in het Engels. Toeristen dus, die waren afgedwaald van de route tussen de Griekse en Turkse eilanden.

9

Twee van de figuurtjes op de boot sprongen in het water en zwommen naar de eerste zwemmer toe. Op het dek verschenen nog drie anderen. Voorzichtig haalde Jeroen zijn verrekijker uit het waterdichte hoesje. Hij stelde hem scherp op het schip. Zo te zien waren die lui niet ouder dan zestien. De drie in het water begonnen naar de rotswand toe te zwemmen.

Jeroen keek geërgerd toe. Wat moesten die vreemden in hún baai? In hún Groene Grotten? Jonathan had gezegd dat de spelonken van de Roversbaai vroeger een toevluchtsoord voor piraten waren geweest. Jeroen was al een tijdje van plan te onderzoeken of er soms schatten waren achtergebleven. Straks vonden die indringers ze nog!

Een paar steentjes begonnen te rollen en Jeroens elleboog gleed naar beneden. Bijna verloor hij zijn houvast; zijn pet viel naar beneden. Hij moest hier niet blijven liggen.

Maar hij kon ook niet zomaar toestaan dat die vreemde kinderen bezit namen van de Roversbaai. Hij moest naar beneden zien te komen. Hij fietste keihard terug naar de weg. Waar die afboog naar het Pijnbos was een paadje naar beneden. Hij gooide zijn fiets neer. Snel!

Soms vervloekte hij het stugge spijkerpak dat het uniform van de Koddebeier was. Maar op ruig terrein was het juist goed. Hij kon stukken naar beneden glijden zonder dat het pijn deed.

'Hé!'

Tussen de rotsen beneden stond Hester, de Waardin van de Tapperij, met haar blote voeten in een poeltje. Ze had een witte emmer bij zich die halfvol zwarte schelpen zat.

'Wat ben je vroeg, Koddebeier!' riep ze vrolijk. 'Help je mee mosselen plukken?'

'Sst!' Wild gebaarde Jeroen dat ze haar mond moest houden; de Roversbaai lag vlak om de bocht. Hij gleed het laatste stuk op zijn kont, tot hij achter een rotsblok bleef steken, één schoen in het water.

'Wat is er?' vroeg Hester verbaasd.

Jeroen wees naar de rotsen in het westen.

'Indringers in de Roversbaai,' zei hij gedempt.

'Wat?!' Hester liet een mossel in het poeltje vallen.

Van achter een rots kwam nóg een meisje tevoorschijn. Even schrok Jeroen; toen zag hij dat het Dana was, de Ezeldrijver. Ook zij had een emmertje mosselen in haar hand.

'Wat is er aan de hand?' vroeg ze.

'Boot in de baai. Een groot zeiljacht, superdeluxe, maar ik heb alleen kinderen gezien. Ze zijn de Groene Grotten ingegaan. We moeten ze wegjagen.'

'Wegjagen nog wel!' zei Hester. 'Je kunt toch gewoon netjes zeggen dat dit óns eiland is? Jij leert het ook nooit af.'

Jeroen haalde geërgerd zijn schouders op. Meisjes lieten hem altijd voelen waarom hij op Drakeneiland zat: omdat hij op school elke dag gevochten had. Jongens zaten daar niet mee. Behalve Wendel misschien, de Voorzitter. Kampioen kletskont. En Pierre, de Pizzabezorger, maar dat was zo'n watje.

Dana keek van Hester naar Jeroen.

'Ik hoop dat ze willen luisteren... Jij zorgt wel dat ze weggaan, hè Jeroen? Drakeneiland is van óns.'

Dat klonk beter. Jeroen knikte. Hij liet de meisjes staan en klauterde verder, de zon in zijn rug. Als hij snel was...

'Die lui gaan vanzelf wel weer weg!' riep Hester hem na.

Hester snapte er dus niks van. Hij kon dat als Koddebeier toch niet zomaar laten gaan! Als je één keer toegaf, was er geen houden meer aan. Voor je het wist landden er elke dag vreemdelingen op hun stranden.

Misschien dacht Jeroen ook aan de roversbuit in de

grotten. Een beetje. Maar dat kwam op de tweede plaats. Drakeneiland was van de Drakeneilanders. En hij moest hen beschermen. Dat was zijn taak als Koddebeier. Dáár ging het om.

Hij keek achterom. Hester stond weer gebukt over het poeltje, maar Dana keek hem na. Jeroen krabbelde zo snel hij kon rots op en rots af, maar toch duurde het meer dan een kwartier voordat hij weer bij de Roversbaai was. Stom; het was sneller geweest als hij naar de Haven was gegaan en een boot had gevraagd.

Jeroen keek voorzichtig over de laatste rots heen. Het zeilschip lag midden in de baai aan zijn anker te dobberen. Een meisje lag in de zon op het achterdek, verder leek het verlaten. Het leek een duur schip, met drie masten en een heleboel patrijspoorten. Daar konden wel vijftien man op slapen.

Raar, dat hij geen volwassenen zag. Sliepen die nog? Rijke mensen begonnen pas laat aan hun dag. Dat wist Jeroen van thuis, als hij in de vakantie wel eens meeging met zijn vader, die de tuinen van de villa's deed.

Wat nu? Naar het schip toe zwemmen? Of toch teruggaan? Dat zou een flinke klim worden... Nee. Hij had beter na moeten denken voor hij hierheen kwam, maar nu was het te laat. Hij moest het nu in zijn eentje opknappen. Als die kinderen hem kwaad zouden doen, zouden Hester en Dana de anderen wel waarschuwen. Als ze zo snugger waren tenminste...

Jeroen snapte niet dat meisjes zichzelf zo slim vonden. Ze zagen de simpelste dingen niet. Zoals Hester en Dana het maar doodnormaal vonden dat hij in zijn eentje op die indringers af ging. Beseften ze wel hoe gevaarlijk dat was?

Hij glipte langs het rotsblok het water in. Uitkleden zou stom zijn; hij wist niet of hij nog wel kans zou zien bij zijn kleren terug te komen. Bovendien zaten er allerlei handige dingen in zijn zakken. Behalve de verrekijker ook nog zijn zakmes, een waterdichte zaklamp, een aansteker in een kokertje, een pen om verbaal op te maken, nylontouw en tape voor tegenstribbelende arrestanten.

'Psst!'

Geschrokken keek Jeroen om. Onder aan de rotsen stond Dana. Gelukkig, geen indringer.

'Wat doe je!' zei Jeroen geërgerd.

'Vind je het niet eng om alleen te gaan?' Ze keek hem nieuwsgierig aan.

Dana had iets vreemds; Jeroen wist niet precies wat. Ze deed vaak dingen die je niet verwachtte. Stelde rare vragen. Hoezo eng?

Toch was hij niet op zijn gemak. Die lui aan boord konden hem begluren terwijl hij aan kwam zwemmen. Ze konden op de loer gaan liggen om hem kopje onder te duwen of zoiets. Het konden wel criminelen zijn.

'Nee,' zei hij. 'Ik moet toch onderzoeken wat ze van plan zijn.'

'Dapper,' zei Dana. 'Of dom, dat kan ook.'

'Ja. Nou. Ik ga in ieder geval.'

'Pas op jezelf.'

'Doe ik. Jij ook.'

'Nee,' zei Dana. 'Ik pas ook op jou.'

Rare meid!

Jeroen draaide zich om naar zee. Met de schoolslag, om geen lawaai te maken, zwom hij naar de achterkant van het jacht, waar een trapje zat. Water droop uit zijn kleren toen hij de leuningen beetgreep. Het meisje op het achterdek hoorde het, want ze riep: 'Alic? Ben jij dat?'

'Ja,' zei Jeroen, in het Engels net als zij.

Een van de wetten van Drakeneiland verbood liegen.

Maar tegen buitenstaanders telde het waarschijnlijk niet.

Hij rees op boven het dek en zag het meisje schrikken. Ze had een bikini aan en Jeroen zag dat ze al behoorlijk volgroeid was, maar haar gezicht leek niet ouder dan veertien.

'Wie ben jij? Ga weg!'

'Gaan jullie maar weg,' zei Jeroen. Hij bleef aan het trapje hangen. 'Dit is ons eiland.'

'Wie zegt dat?' Ze kwam lui overeind, grabbelde een koeltas naar zich toe en haalde er een blikje uit. Ze maakte het open en keek over het blikje heen naar zijn natte haar en zijn spijkerpak. Hij kende die blik van de kinderen bij hem op school.

'Ik,' zei hij hard. 'Oprotten dus.'

Nu werd ze boos. Misschien waren de woorden die hij had gekozen ook niet zo netjes. Op het schoolplein zeiden ze dat de hele tijd, maar misschien kwam het bij een Engels kind harder aan.

'Mooi niet!' Ze richtte zich op en zette haar handen aan haar mond. 'Alic! Basil! Chip! Komen, gauw!'

Het schalde tegen de rotswanden van de Roversbaai en echo's klonken nog even na. Jeroen keek om naar de schemerige ingang van de Groene Grotten. Niets te zien. Hij zocht de kust af. Ja, daar zat Dana. Ze zwaaide naar hem.

Jeroen zwaaide terug. Dan wist die rijke meid tenminste dat hij ook niet alleen was.

Hij zei: 'Stil maar, ik doe je niks. Jullie moeten alleen wegwezen hier. Drakeneiland is van ons. Het is privé-eigendom.'

Het meisje riep nog eens. Mooi, dat betekende dat er geen volwassenen aan boord waren. Anders waren die met al dat geschreeuw wel tevoorschijn gekomen.

Nu verschenen er een paar hoofden voor de ingang van de grot. Vier, vijf jongens telde hij, en die laatste was waarschijnlijk nog een meisje. Dus ze waren met minstens zeven. Daar begon hij niet veel tegen in zijn eentje.

De jongens naderden het trapje en Jeroen draaide zich om. Zolang hij boven hen uittorende, was hij in het voordeel. Zij moesten watertrappen.

'Ga van dat schip af!' De jongen zwiepte een veel te lange pony aan de kant. Hij praatte een soort Engels dat je alleen in saaie series hoorde. Bekakt. Jeroen had meteen een hekel aan hem.

'Voorzichtig, Alic,' zei het meisje. 'Misschien is hij gevaarlijk. Er zit een bult in zijn zak.'

Jeroen beet op zijn onderlip. Dachten ze dat zijn verrekijker een wapen was?

'Ik doe je niks,' zei hij weer, met een zinnetje uit een film. 'Jullie moeten alleen de baai verlaten. Die is van ons. Wegwezen dus.'

'Alsjeblieft, bedoel je,' zei Alic, de jongen met de spuuglok. 'Kom op, Basil.' Hij hees zich langs de zijkant van het trapje omhoog en bigde Jeroen opzij. Hij was veel groter en sterker. Jeroen viel bijna en klom gauw het dek op toen de tweede jongen over hem heen leek te willen klimmen.

Zo deden de kinderen op zijn school soms ook. Alsof hij er niet was. Vooral de meisjes.

Alic was een typische rijke stinker. Bruin tot in zijn bilnaad, hij had een zwembroek met een merkje aan en was duidelijk gewend zijn zin te krijgen. Precies het soort jongen waar Jeroen een hekel aan had.

'Niks alsjeblieft,' zei Jeroen. 'Dit eiland is van ons en jullie hebben er niks te maken. Oprotten, en gauw.' Hij legde zijn hand dreigend op de verrekijker in zijn zak.

Meteen had hij spijt. Want Alic en de jongen die wel Basil zou zijn, pakten hem met een snelle beweging bij zijn bovenarmen en zijn voeten.

'Niks ervan, kleine! De zee is van iedereen!'

Ze jonasten hem even heen en weer. Er viel iets uit zijn zak, met een klap op het dek. Toen smeten ze hem over de reling in zee. Nog een paar jongens klommen het dek op. Over de reling keken ze op Jeroen neer.

'Lekker zwemmen!' riepen ze. Door hun bulderende gelach heen klonk het ploppen en sissen van blikjes die opengingen. Ze proostten naar hem.

'Stelletje...' tierde Jeroen. Hij kon zo snel geen Engels scheldwoord vinden. 'Stelletje moshommels!'

Schichtig keek hij om naar de rotsige kust. Dana zat nog op dezelfde plek. Maar ze keek gelukkig de andere kant uit.

Er landde een leeg blikje naast Jeroen op de golven. En toen nog een. Die lui gaven nergens om. Alsof de wereld van hen was. Nou, dan hadden ze zich toch mooi vergist.

Ros ze de zee in!

Jeroen klom opnieuw het trapje op. Deze keer rende hij het dek over en ging met zijn rug tegen de kajuit staan. De Engelsen stonden nu tussen hem en de achterkant van het schip, en Jeroen zorgde ervoor ver van de reling te blijven. Zo konden ze hem niet meer verrassen. Hun kreten overstemde hij.

'Koppen dicht!' Ze zwegen inderdaad, maar met opgetrokken wenkbrauwen en krullende mondhoeken. Rijke stinkers bekijken een inktvis. Ze waren met z'n achten, en allemaal ouder dan hij. Dure waterdichte horloges om. Eén droeg een duikpak en een snorkel. Onder de indruk waren ze geen van allen.

'Ik ben de baas hier.' Dat was niet precies wat hij wilde zeggen. Maar wat was 'koddebeier' in het Engels? 'Jullie zijn op verboden terrein.'

Een jongen met het figuur van een boksbal, onder de sproeten, plopte onverstoorbaar een nieuw blikje open. Uit de kajuit kwam het irritante geluid van een computerspelletje in demo-stand. Een van de meisjes smeerde de rug van haar vriendin in. Basil strekte zich gapend uit op een handdoek.

Alic vroeg: 'Chip? Felix? Zullen we een film kijken?'

Alleen een melkwitte puber sloeg nog acht op Jeroen. Hij had griezelige rode pukkels op zijn schouders en zijn kin.

Jeroen besloot gebruik te maken van dat flintertje aandacht.

'Mijn naam is Jeroen en ik ben... een soort politieagent op dit eiland.'

De pukkelrug tegenover hem grinnikte.

'Vanzelfsprekend. Nou, mijn naam is David en ik ben tweede stuurman op dit schip. Alic is de kapitein. Die blonde kleerkast is onze eerste stuurman.'

De jongen die Basil heette, maakte een buiging. Het zag er beleefd uit, maar dat was het niet.

'En Chip is eerste clown aan boord van dit schip.'

Chip was lang en dun. Hij zag eruit als een zombie, met zwart haar en doorzichtig blauwe ogen. Hij had van allemaal zijn wenkbrauwen het hoogste opgetrokken. Hij verblikte of verbloosde niet toen hij voor clown werd uitgemaakt. Erg grappig zag hij er niet uit. Gewoon een knobbelige puber met te lange armen en een kromme neus.

'Welkom aan boord,' zei Alic, die dus de leider was. 'Maar niet heus.'

Een van de meisjes lachte alsof hij iets ontzettend grappigs had gezegd.

'We hebben het gekaapt, hoor!' riep ze. Ze leek op Alic, net zo bruin, alleen wat blonder.

'Houd je kop,' zei een jongen met een paardenstaart die rossig opdroogde. Net een Viking. Hij stond het duikpak van zich af te sjorren. 'Dat hoeft dat onderkruipsel toch niet te weten.'

'Stel je niet aan, Felix,' zei Alic. 'Wat wou hij doen dan? De politie bellen?'

Dat scheen weer ontzettend grappig te zijn. De zeven anderen bulderden van het lachen. Jeroen staarde hen aan. Dit gigantische jacht, vol koele drankjes en coole apparaten, met duikpakken aan boord en zelfs een bioscoop, was gekaapt door een stel pubers?

'Felix kun je negeren,' zei Pukkelrug – David? Hij wees op het gebruinde meisje. 'Dat is Gilda, de zus van de kapitein, en dat lekkere ding daar is Harriët.' Er kwam een bierlucht van hem af. Pukkelrug was al aangeschoten – om negen uur 's ochtends!

De Viking met het staartje vroeg: 'Zeg Daveyboy, ben je nou klaar met die voorstellerij? Ik wil eten en dan die grotten weer in. Ik heb daar onder water allerlei interessante dingen gezien.'

Jeroens hart begon boos te kloppen. Het waren hún schatten niet, de schatten in de Roversbaai. Daar moesten ze afblijven!

Hij gluurde uit zijn ooghoeken naar de kust. Dana was opgestaan en stond hun kant uit te turen. Jeroen wilde niet afgaan nu.

'Oké, eropaf,' zei Alic.

'Niks ervan,' zei Jeroen. Tenminste, hij hoopte dat hij dat zei; Engels praten was moeilijker dan Engels verstaan. 'Die grotten zijn verboden terrein. Ze horen bij het eiland. Ons eiland. Verboden toegang voor onbevoegden.'

Basil, de blonde bink, kromp in elkaar van het lachen. Hij trok aan de band van zijn zwembroek en liet hem terugklappen tegen zijn buik.

'Zeg, garnaal, kras jij nog een keer op of hoe zit het? Felix – doe iets! Naar mij luistert hij niet.' Hij hikte van het lachen.

'Ga maar gauw naar je mammie, kereltje,' knikte de jongen met het rossige staartje.

'Mijn moeder is hier niet...' begon Jeroen.

'Naar je oppas dan. Naar je juffie, weet ik het.' Felix haalde zijn knokige schouders op.

Jeroen maakte zich een beetje langer.

'We zijn hier met alleen kinderen. Wij hebben geen grote mensen nodig.'

'Knap zeg!' David deed hem na: 'Wij hebben geen grote mensen nóóódig.'

Het zeurende stemmetje maakte Jeroen razend. Hij stond op het punt om die Pukkelrug een beuk te verkopen.

'Kijk,' zei Viking. 'Het kereltje lijkt wel boos te worden.'

'Hou je kop!' brulde Jeroen.

'Smijt dat joch toch in het water,' zei Harriët loom. 'Dat geklier – ik heb koppijn.'

'Ik vind hem wel grappig,' zei Chip, de lange zombie. 'Hij neemt zichzelf zo serieus.'

Jeroen staarde hem woedend aan. Dit was nou precies het soort opmerking waar hij niet tegen kon. Sommige jongens in zijn klas vonden zichzelf ook zo geweldig. Met hun ping-pongkamers en hun gemetselde barbecues en hun zwembaden. Ha! Maar wie hield het onkruid weg tussen de tegels?

En die meisjes aan land stonden maar te kijken. Die verwachtten dat de Koddebeier het op zou lossen. Dat ze straks rustig terug naar huis zouden kunnen fietsen zonder bang te hoeven zijn voor indringers.

Alic was even weg geweest. Hij kwam de kajuit uit met een armvol duikpakken. Hij werd gevolgd door de Boksbal die een aantal zuurstofflessen droeg. En een harpoen. En enorme waterdichte staaflantaarns. Die jongens hadden echt alles, dacht Jeroen nijdig. Hij greep naar zijn zak. Wat had hij daarstraks verloren?

'Zoek je dit?' vroeg Chip. Hij stak Jeroen zijn zaklamp toe, die er ineens miezerig klein uitzag vergeleken bij de joekels van die grote jongens. En Jeroen was er zo trots op geweest.

'Ledlampjes,' had zijn vader op het vliegveld gezegd. 'Een heleboel ledlampjes. Hartstikke veel licht en toch gebruikt hij maar weinig stroom. Je zal een eeuwigheid doen met je batterijen. En waterdicht is hij ook nog.'

Door die zaklamp wist Jeroen dat zijn vader tóch van hem hield. Hij had nooit tijd en hij stuurde hem weg omdat hij geen raad met hem wist. Maar dat kon hij ook niet helpen. Hij hield tóch van Jeroen.

Jeroen pakte de zaklamp aan en kneep erin.

'Nou moet je weg, knullie,' zei Alic, de zogenaamde kapitein. 'Nou is het wel leuk geweest, hoor.'

Jeroen wist dat hij bezig was te verliezen. Ze waren ouder dan hij, sterker, wereldwijzer... Misschien waren ze wel een bende dieven, met dat gekaapte jacht.

Alic duwde hem aan de kant om zijn duikpak aan te kunnen trekken op het bankje achter Jeroen. De sterke blonde – Basil – duwde hem de andere kant op om iets aan Alic te kunnen vragen.

Ze trokken zich niks van hem aan! Jeroen wrong zijn kaken uit de klem.

'Dan moeten jullie het zelf weten,' zei hij. 'Dan bel ik de waterpolitie wel.'

Zombie greep naar zijn hart.

'Nee, nee, dat niet! Spaar ons! De waterpolitie!' riep hij overdreven. En toen ging hij op zijn normale toon door: 'Van welk land precies?'

'Van Griekenland,' zei Jeroen zo zelfverzekerd als hij kon. Meneer Papadopoulos was tenslotte een Griek.

'Ooo, nee, dán snap ik het,' zei Chip.

Alic en Basil proestten.

'Dat kan wel even duren dan,' zei Felix. 'Griekenland is hier een halve dag varen vandaan.'

'O nee, Turkije bedoel ik,' zei Jeroen in het wilde weg.

De moeilijkheid was dat hij niet precies wist waar Drakeneiland lag. De kinderen wisten het geen van allen. Naar Drakeneiland werd je gestuurd voor straf, en het was niet de bedoeling dat je ontsnapte. Niet dat Jeroen zou willen vluchten. Op Drakeneiland was hij tenminste iemand.

Maar dan moest hij nu niet toestaan dat deze slungels hun grotten gingen verpesten. Met hun blikjes en hun dieseldampen en hun zogenaamde humor.

Hij haalde diep adem.

'Mij best. Ik ga de Havenmeester inlichten.'

'Zullen we hem maar weer in zee gooien?' vroeg Felix.

'Ik meen het,' zei Jeroen wanhopig. Niemand sloeg er acht op. 'Jullie zijn gewaarschuwd.'

Met grote stappen liep hij naar het trapje. Het ging jammer genoeg stroef, doordat de natte spijkerstof hem hinderde. Hij deed of hij niet merkte dat Chip de Zombie overdreven beleefd opzij ging en dat de rooie Felix salueerde. De anderen besteedden gewoon geen aandacht aan hem.

'Binnen een halfuur moeten jullie weg zijn,' zei Jeroen voordat hij het trapje afdaalde. 'Dan kom ik met versterking.'

'Aye aye sir,' riep David de Pukkelrug vrolijk.

'Wát zeg je!'

Jonathan, de Vlootvoogd van Drakeneiland, draaide zich om op het dak van het havenkantoortje. De golfplaten maakten een blopperend geluid onder zijn vlezige knieën. Een spijker viel uit zijn mond en rolde ratelend van het dak. Een kind dat Jonathan hielp, dook in het zand om hem te zoeken.

Jeroen hijgde nog na van het harde fietsen. Hij liep de Pier op.

'Indringers,' herhaalde hij. 'Rijke stinkers met een jacht.'

'Hester zei al zoiets. Ben je daarom zo nat? Een jacht met kinderen voor de Roversbaai? Hoe kan dat nou?'

'Ze zeggen dat ze het gekaapt hebben.'

'Gekaapt? Of gestolen? Hebben ze gijzelaars?'

'Dat weet ik niet,' zei Jeroen. 'Ik ben niet binnen geweest. Het is enórm, er kunnen denk ik meer dan tien mensen op slapen. Maakt niet uit – ze willen de Groene Grotten binnen varen en het kon ze niks schelen wat ik zei. Ze lachten me gewoon uit.'

'En dat laatste hadden ze niet moeten doen, natuurlijk,' grinnikte Jonathan.

'Begin jij nou ook al? Die stinkers horen hier gewoon niet! Het eiland is toch van ons?'

Jonathan keek weer ernstig. 'Klopt. Heb je gezegd dat ze op moeten hoepelen?'

'Luisterden ze niet naar.'

'Dan moeten we ze wegjagen.'

Jeroen knikte. Gelukkig, Jonathan werkte mee. Hij mocht de Vlootvoogd wel, sinds die hem op een ochtend knopen had leren maken. Jeroen mocht terugkomen voor nog een les, had Jonathan gezegd.

'Hoeveel boten kun je missen?'

'Jelle is met de motorboot uit vissen. Ik heb alleen de reddingboot. Die is gelukkig wel het snelst. Maar belangrijker is: wie nemen we mee?'

'Marnix,' zei Jeroen. De Aanklager was groot en sterk en nergens bang voor. Jeroen dacht soms dat hij zelf misschien een rijke jongen was.

'En Jakko?' vroeg de Vlootvoogd.

'Ja.' De Geitenhoeder was potig en geen watje.

'Misschien moet Wendel mee,' zei Jonathan. 'De Voorzitter is de baas, tenslotte.'

'Wendel wil altijd overal over praten,' zei Jeroen. 'Nee hoor, Wendel niet. Die lui geven niks om gepraat. We moeten ze onze baai uit rossen. Maar hou het stil. Liever niks tegen de Parlevinkers zeggen.'

'Hester heeft het toch al rondverteld, denk ik,' zei Jonathan. 'Renée heeft vanochtend pannenkoeken gebakken, ik kon het hier ruiken. Dan zitten er altijd een heleboel kinderen bij de Tapperij te ontbijten.'

Jeroen gromde. Dan wisten de Parlevinkers en de Schout er dus al van.

'Des te meer reden om snel te vertrekken,' zei hij. 'Wie nog meer?'

'Dana,' zei Jonathan.

'Een meisje?'

'Maar Dana is geen gewoon meisje.'

'Nee hè,' zei Jeroen. 'Oké, Dana. Enne, Jonathan... Hij is niet mijn beste vriend, en nog een slappeling ook, maar ik ben bang dat we de Schout ook moeten vragen. Liam pikt het niet als we hem overslaan.'

De Schout vertrouwde er nooit op dat de Koddebeier zelf de orde wel kon bewaren. Hij bemoeide zich overal tegenaan.

'Best, maar dan wil ik ook Stijn erbij hebben, en Ruben.'

Weer knikte Jeroen. De Magazijnmeester was een stevige knul en de Fietsenmaker was ook sterk.

'Dan zijn we, even kijken...' Jeroen telde. 'Wij tweeën, Marnix, Jakko en Dana, Ruben, Liam, Stijn – met z'n achten. Zij zijn ook met acht, maar aan die meisjes hebben ze niks. Die liggen alleen maar bruin te bakken.'

'Ga jij het aan de Voorzitter melden?' vroeg Jonathan.

'Laten we liever meteen gaan,' zei Jeroen. 'Als Liam meegaat, zijn we gedekt. Dan brengen we wel achteraf rapport uit. Straks wil Wendel er weer eindeloos over beppen met zijn Parlevinkers.'

Jonathan stuurde een klein kind dat hem met het dak hielp weg, om de andere leden van de expeditie te halen. Zelf ging hij naar het magazijn in de Groene Heuvels om Stijn te waarschuwen.

Jeroen slenterde de duinen in om stiekem een sjekkie te roken. Maar zijn tabak was nat geworden, dus dat ging niet door.

Iedereen kwam, en nog een paar extra kinderen ook: Hein, het hulpje van de Fietsenmaker, was met Ruben meegekomen, en Gerrit de Parlevinker was er ook bij. Ze waren met zoveel dat ze een roeiboot achter de reddingboot moesten binden.

Het leek bijna wel een leger, dacht Jeroen. En hij stond

aan het hoofd. Hij greep naar zijn pet om hem recht op zijn hoofd te zetten – en besefte toen dat hij zijn pet verloren had.

'Oké!' zei hij. 'Mannen, Jonathan leidt de expeditie en ik leid de aanval. Doe wat wij zeggen en er overkomt je niks. Laten we die boktorren van ons eiland jagen!'

De andere kinderen stemden met geschreeuw in. Behalve Liam, die een zuinig gezicht trok.

Ze gingen aan boord, Jeroen met Jonathan, Stijn, Liam en Jakko in de voorste boot, de rest in de roeiboot. Het hulpje van de Vlootvoogd gooide de trossen los. De zon klom aan de hemel, een frisse bries woei om hun oren. Jonathan trok de gaskraan vol open.

'Eropaf!' riep Jeroen. 'Ros ze de zee in!'

Die opgeblazen pusbulten zouden wat beleven! De Koddebeier van Drakeneiland liet zich niet zomaar voor gek zetten.

Een anker vol algen

Ze rondden de laatste rotspartij en voeren de Roversbaai in.
Geen schip. De rijke stinkers waren weg.

Jonathan nam gas terug en zette toen de motor helemaal
uit. Even bleef het stil op de twee boten.

Toen riep Gerrit uit de roeiboot: 'Hé Jeroen, waar blijf je
nou met je jacht?'

Jeroen liet zijn handpalmen zien.

'Ze zijn zeker bang geworden,' zei hij toen luid. 'Ik had ze
gezegd dat ze op moesten rotten.'

'Mompes!' Hein leek van ontzag vervuld. Jeroen mocht
dat jochie wel.

'Nou, ik weet niet hoor...' zei Dana. 'Zeg Koddebeier, heb
je echt zoveel indruk op ze gemaakt?'

Had ze toch gezien hoe hij in het water gejonast was? Hij
gaf geen antwoord.

Even dobberden de Drakeneilanders zonder doel op de
golven. Een paar seconden geleden waren ze nog zó vol
strijdlust geweest. En nu... niks.

'Nou ja, des te beter,' zei Liam. Hij knikte Jeroen toe.

'Joehoe!' Dana had haar shirt uitgegooid en sprong met
een schreeuw overboord. Ruben, één blote voet op de rand
van de houten roeiboot, stond op het punt haar voorbeeld
te volgen en ook Jakko wilde in het water springen.

Jeroen wierp een blik op Jonathan en hield Jakko toen
tegen aan zijn arm.

'We kunnen maar beter voorzichtig blijven,' zei Jonathan.

'Ja,' knikte Liam. 'Volgens de Koddebeier wilden ze naar
de Groene Grotten. Ik stel voor dat we daar even gaan kijken.

Wie weet zitten die gasten daar nog, met schip en al.'

Jeroen wenkte Dana dat ze terug moest komen. Met Jakko hees hij haar aan boord van de reddingboot, die opeens erg vol zat. Ze ging druipend op de rand zitten. Jeroen durfde niet naar haar te kijken tot ze haar shirt weer aan had.

'Dus we gaan eropaf, Koddebeier?' vroeg ze.

Jeroen knikte dankbaar. Tenminste iemand die begreep dat hij de leiding had. Goed dat zij erbij was; Dana was tien van die rijke poppetjes waard.

Jonathan startte weer en ze voeren met een pruttelgangetje naar Groene Grotten, de roeiboot nog steeds op sleeptouw. Jeroen keek uit naar zijn pet, maar tevergeefs. De ingang van de grot lag half boven, half onder water. Jeroen dacht aan de duikpakken van die rijke stinkers. Hadden zij die maar. Dan kon je tenminste goed op zoek naar de roversschatten.

Opeens had hij een hekel aan de armoedigheid van Drakeneiland. Alles moest met de hand, met goedkoop gereedschap; elektrische apparaten waren er niet. Jeroen zou best zin hebben weer eens een film te kijken, of een uurtje te gamen. Mocht niet op Drakeneiland. Werken, werken, werken – dát mochten ze.

Hij grinnikte.

In de schaduw van de rotswand zette Jonathan de motor af.

'Stil zijn nu,' zei Jeroen gedempt. 'Ze hebben duikpakken. Ze kunnen zomaar ónder ons zitten.'

Ze hielden allemaal hun mond terwijl ze zachtjes de groene koelte van de grot in gleden. Bij eerdere bezoekjes had er altijd wel iemand de echo uitgeprobeerd. Maar nu hielden ze zich doodstil.

De roeiboot, die zwaarder was en langer doorgleed, botste tegen de reddingboot aan. Dana tuimelde over de rubberen rand in het water. Ruben lachte luid.

'Ssst!' deed Stijn, de Magazijnmeester die Jonathans beste vriend was. 'Straks...'

Dana kwam proestend boven. Ze blies met veel kabaal water van haar lippen.

'Ik heb meteen maar even onder water gekeken. Er is niemand, hoor.'

'Maar de grotten gaan heel diep de berg in,' zei Gerrit. 'Daar achter die bocht gaat het nog een eind door.'

'Maar in de volgende grot is het niet zo hoog. Daar kun je niet een heel zeiljacht in verbergen,' zei Jonathan nuchter. 'Ze hadden de mast al moeten strijken om dit eerste stuk binnen te varen... Maar dat hebben ze niet gedaan, want ze zijn hier niet.' Hij draaide aan het roer.

'Niet doen,' zei Jeroen. 'Wacht even, Jonathan.'

'O,' zei Jonathan. 'Ben jij nou opeens de kapitein?' Jonathan kon het slecht hebben als iemand anders op zijn schepen de lakens uitdeelde.

'Sorry,' zei Jeroen. 'Als jij het goed vindt, natuurlijk. Ik dacht: nu we toch hier zijn, kunnen we misschien op onderzoek uit gaan. Kijken of we de roversschatten kunnen ontdekken.'

'Yes!' riep Ruben. De Fietsenmaker had het bijna altijd te druk voor uitstapjes.

'Goed plan, Koddebeier,' zei Dana.

Jeroen zei: 'De kans is groot dat de zeerovers in deze baai iets hebben achtergelaten. Toch, Vlootvoogd?'

Jonathan knikte bedachtzaam. Maar Liam schudde zijn hoofd.

'Nee. We moeten eerst zeker weten dat die rijke stinkers weg zijn,' zei hij. 'Eerst om het eiland heen varen.'

Deed de Schout het er nou om? Het leek wel of Liam elke keer tegen Jeroen inging. Eerst vond hij het wel best dat het jacht weg was, en nu Jeroen zin had in schatzoeken, wilde Liam juist weer de held uithangen.

'Doe niet zo flauw, Liam,' zei Dana.

'Doe niet zo overdreven,' zei Marnix. 'Jeroen heeft ze toch weggejaagd?'

De lange Aanklager en de tengere Schout staarden elkaar aan. Ze deden een wedstrijdje armpje drukken, maar dan met hun ogen. Jeroen wist dat Liam in de Aanklager niet meer dan een domme krachtpatser zag. En hij wist ook dat Marnix de Schout een gluiperd vond. En ze dachten allebei dat Jeroen het met hen eens was.

Dana hing met druipende armen over de rand.

'Neem een beslissing,' zei ze. 'Ik krijg het koud.'

'Anders blijf ik hier wel achter,' zei Gerrit. 'Ik wil best een pot goud vinden.'

Jeroen, Jonathan en Stijn staarden hem aan.

'Goud is toch niks waard op Drakeneiland,' zei Jakko. 'Onze spieën zijn van koper. Dat moest jij toch weten, Gerrit.'

Gerrit werd rood.

'Nou ja,' stamelde hij.

Dana leidde de aandacht af.

'Doe maar niet zo schijnheilig, jullie,' zei ze. 'We zouden het allemaal hartstikke gaaf vinden, zo'n roversschat. Laten we een uurtje zoeken, oké Liam? Dan kunnen we daarna altijd nog langs de noordkust varen.'

Dana was de Ezeldrijver van Drakeneiland, maar ze was ook Advocaat. Dana praatte zo handig, ze kon iedereen overtuigen. Jeroen had zin haar te stompen of op haar schouder te meppen. Toffe meid. Hij deed het niet.

Liam gaf toe.

Ze legden de reddingboot vast aan een rotspunt.

'Maar ik blijf bij de boten,' zei Jonathan. 'Ik neem niet het risico dat er straks iemand met de helft van mijn vloot vandoor is.'

'Ja, ja, genoeg gezeurd.' Stijn gaf Jonathan een por. 'Blijf jij dan maar hier, stuk chagrijn. Wij duiken de schatten wel voor je op.'

Even wiebelde de reddingboot geweldig, toen de kinderen opstonden om hun kleren uit te trekken en een voor een over de rand verdwenen. Jeroen had het meeste werk met uitkleden, doordat het vochtige spijkergoed stroef was bij het afstropen. Jonathan wierp hem een stel zwemvliezen toe.

'Hier, neem jij die maar.'

Als laatste plonsde Jeroen het kalkachtige water van de Groene Grotten in.

Hij zag Stijn en Ruben om het hardst naar de doorgang zwemmen die de eerste grot met de volgende verbond. Rubens hulpje Hein probeerde met Liam een glibberige oever op te klauteren. Dana en Jakko waren al een stuk langs de wand omhoog geklommen in de richting van een donker gat. Van Marnix zag Jeroen alleen de billen in een rood-wit-blauwe zwembroek. Toen dook hij onder en verdween.

Niet handig, dacht Jeroen. Ze hadden afspraken moeten maken. Straks waren ze allemaal verzopen of verdwaald en wie kon ze dan gaan zoeken? De Koddebeier. Hij was de enige met een waterdichte zaklamp.

Nu was het toch te laat, dus hij zwom achter Stijn en Ruben aan naar de volgende grot. Maar terwijl de andere jongens tegen de verre wand omhoog begonnen te klimmen, dook Jeroen juist onder. Als hij een zeerover was, zou hij geen genoegen nemen met de voor de hand liggende plaatsen. Dan zou hij een doorgang onder water zoeken, en zijn schatten daar verbergen.

Jeroen knipte zijn zaklamp aan en scheen ermee in het

rond. Visjes kwamen op het licht af. Er schenen hier ook zeepaardjes te zitten, maar Jeroen zag er geen. Wel zaten er in de holletjes in de rotsen allerlei griezelige beesten. Hij zag hier een paar oplichtende ogen, daar een stel grijppoten...

Jeroen bleef op een afstandje en probeerde de holtes te onderzoeken met de lichtstraal. Om de haverklap moest hij naar boven voor lucht. Had hij maar een pak en zuurstofflessen, zoals die Alic en zijn vrienden.

Er gleed iets glibberigs onder zijn buik door. Een kreet ontsnapte hem in de vorm van luchtbelletjes. Snel keek hij om zich heen. Gelukkig was er niemand in de buurt.

Weer moest hij naar boven. Hij was een heel eind de berg in nu, er kwam hier bijna geen daglicht meer. Ergens galmden de stemmen van Stijn en Ruben, maar hij kon hen niet meer zien.

'Zijn jullie wel een beetje voorzichtig?' riep hij – eigenlijk vooral om te weten dat hij niet alleen was.

'Jaha!' riep Dana terug – ergens vandaan. Gek, zoals je je gevoel voor richting kwijtraakte in het donker.

Toen stootte hij zijn teen aan een glibberige rotspunt. Nee, geen steen – metaal. Hij scheen er met zijn lamp op, dook onder water. Het was een groenig ding dat daar uit de bodem stak, half begroeid met algen, wier en koraal. Maar hij herkende de vorm. Hij zette zich af en schoot omhoog.

'Een anker!' schreeuwde hij. Het echode tegen de wanden.

Er klonk een enorme plons, schijnbaar vlakbij, en een kreet, van boven.

'Ruben!' Dat was Stijns stem. Jeroen scheen op hem. Hij klemde zich angstig aan de rotswand vast, één voet in een holte, en keek naar beneden, waar Ruben net boven kwam.

'Schreeuw niet zo, moshommel! Ik schrok me lam!' Ruben zwom naar Jeroen toe.

'Ik heb een anker gevonden,' zei Jeroen. 'Er is hier lang geleden een schip binnen geweest.'

'Ja, of dat anker is gewoon de grot in gespoeld,' zei Ruben. 'Ik dacht minstens dat je een schat had gevonden. Ik viel plat op mijn buik, man.'

'Nee, een anker is te zwaar om zomaar binnen te drijven,' zei Jeroen. 'Het zit vol algen. Het is heel oud, denk ik.'

Om de bocht kwamen anderen aanzwemmen. Stijn klauterde moeizaam naar beneden.

'Daarboven is niks,' riep hij. Toen verloor zijn voet houvast en viel hij ook. Gelukkig staken er op die plek geen rot-

sen uit het water. Jeroen rilde als hij eraan dacht wat er had kunnen gebeuren. Jasmijn, de Genezer, was ver weg...

Om hem heen verzamelden zich de anderen.

'Wauw, Jeroen!' zei Dana. 'Een echt oud anker?'

'Ja, een anker,' zei Jeroen, opeens onzeker. Het leek plotselings niets bijzonders meer. 'Alleen maar een anker. Geen schatkist of zo.'

'Maar er is hier dus wel een schip binnen geweest. Een sloep waarschijnlijk,' zei Stijn, die veel met Jonathan omging. 'En wie zou dat doen behalve...'

'Zeerovers!' juichte Dana.

'Precies,' zei Jeroen dankbaar.

Hein en Liam, de kleinste en de zwakste, kwamen aanzwemmen in schoolslag.

'Wat is er gebeurd?' vroeg Liam.

'Jeroen heeft een anker gevonden,' zei Marnix. 'Het bewijs dat hier zeerovers zijn geweest.'

'Dat wisten we toch al, slimpie,' zei Liam. 'Anders heette het hier geen Roversbaai. Wel logisch blijven nadenken, mannen.'

Zie je wel, dacht Jeroen. Liam had gewoon de pest aan hem. Meneer de Schout. Alsof hij zelf zoveel bijzonders was. Ha! Liam was gepakt voor tasjes jatten.

'Duiken jongens,' zei Dana, en ze deed het meteen.

Maar Jeroen schudde zijn hoofd. 'We moeten naar Jonathan terug. Maar onthoud deze plek, jongens. We komen terug, met snorkels en touwen en pikken en...'

'Pikken,' giechelde Hein.

Dana kwam boven en spuugde een fonteintje.

'We gaan pikhouwelen halen, en zakken,' zei Jeroen speciaal tegen haar. 'Voor het goud en de juwelen.'

'Wauw,' zei Dana.

Deze expeditie was toch nog een succes geworden.

De zeeslag

Ze voeren niet terug naar de Haven, maar namen de lange, westelijke route om de Drakenkop heen. Jeroen begon net te denken dat de indringers weg waren. Maar nee. In een baaitje voorbij de uitstekende rots die de vorm had van de bek van een draak, lag het zeiljacht.

'Kijk uit!' zei Jeroen.

Jonathan nam meteen gas terug en Ruben legde zijn hand om de mond van zijn hulpje, want Hein had op het punt gestaan een gil te slaken. Jonathan maakte onmiddellijk een bocht naar rechts en voer langs de rotsige oever een eindje terug. Toen ze zeker wisten dat niemand hen kon horen, legde hij de boten stil.

'Daar zijn ze dus.'

'En nu?' vroeg Liam.

De jongens in de reddingboot keken elkaar aan. Opeens was het niet meer duidelijk wie de leiding had. Jonathan? Jeroen?

Maar het was Liam die zei: 'We gaan er gewoon naartoe en vragen netjes of ze willen vertrekken.'

Meteen daarop riep Marnix uit de roeiboot: 'We varen er recht opaf en zeggen dat ze op moeten donderen.'

Stijn grinnikte. 'Waarom rammen we dat schip niet meteen en varen de drenkelingen overhoop?'

Jeroen zag dat Jonathan zijn hoofd schudde over zoveel domheid. Jonathan was wel een beetje zorgelijk soms, maar hij bleef tenminste altijd kalm.

'Ik ga mijn mooie reddingboot niet aan flarden varen als iemand dat soms denkt,' zei hij. 'Stijn!'

'Ik maak toch maar een grapje,' zei Stijn.

'Maar ze moeten wel opkrassen.' Dana keek Jeroen aan. 'Toch, Jeroen? Straks komen ze nog aan land!'

'Ja.' Jeroen knikte. 'Ik denk echt dat we ze de baai uit moeten rossen. Ik heb ze al gewaarschuwd. We moeten wel laten zien dat het menens is.'

'Dat hoeft toch niet met geweld,' zei Liam. 'We zijn met z'n tienen. Als ze ons zien aankomen, snappen ze heus wel dat ze maar beter kunnen luisteren.'

'Hoezo? Ze varen zó over ons heen,' zei Jonathan. 'Dat kreng daar is een kunststof jacht, dat snijdt als een mes door mijn reddingboot.'

'Mag ik wat zeggen?' vroeg Dana.

'Natuurlijk mag jij wat zeggen,' zei Jakko. Hij trok de roeiboot naar de reddingboot toe. Dana en Jakko waren twee handen op één buik.

'Kan de helft van ons niet aan land gaan? We weten niet of ze nog op dat schip zitten. Als we over de Drakenkop klimmen, sluiten we ze van die kant in. Tenminste, dat dacht ik.'

Jeroen knikte. Die Dana was niet stom!

'Dan snijden we ze af,' zei hij. 'En intussen bezet de rest van ons het jacht. Dan kunnen ze geen kant meer op.'

'Onzin,' zei Liam. 'We spelen geen oorlogje! Dit is echt.'

'Daarom juist!' zei Jeroen verhit. Hij had het nou gehad met Liam. Die sprak hem gewoon expres elke keer tegen.

'Hoor eens, jij bent de Schout en je gaat over de Wetten en zo. Maar hier heb je geen verstand van. Als we die knullen niet laten zien wie hier de baas is, dan is er geen houden meer aan. Dan wandelen ze elke keer het eiland op als we even niet kijken. Drakeneiland is toch van ons!'

'Ik denk dat de Parlevinkers hier ook wel ideeën over hebben,' zei Ruben. 'Moeten we niet teruggaan? Vragen wat de Parlevinkers het beste vinden?'

'En dan uren wachten tot ze uitgekletst zijn, zeker,' zei Jeroen.

'Jongens...' zei Dana geërgerd. 'Altijd dat bokkige gedoe.'

'Oké,' zei Jeroen gauw. 'Gaan jullie vijven dan aan land. Marnix, neem jij de leiding? Besluip dat strandje zonder dat ze jullie zien. En geef iedereen klop die een voet aan land durft te zetten.'

'Doen we,' zei Marnix. 'We smijten die stinkers in zee!' Hij duwde Gerrit en Ruben elk een roeiriem in handen.

Liam zuchtte en draaide met zijn ogen, maar hij hield voor deze ene keer zijn commentaar voor zich.

Vlak voordat Dana de roeiboot afduwde, sprong Jakko uit de reddingboot over in de andere. De roeiboot wiebelde en Jakko viel, precies in de armen van Dana.

'Smak, smak,' zei Jeroen. Jakko deed of Dana van hém was.

Jakko hoefde toch zeker niet met het andere clubje aan land!

Maar Jakko zei: 'In een zeeslag ben ik vast niet zo goed. Maar ik ken wel alle paadjes over de Drakenkop. Er loopt daar een stroompje, daarlangs kunnen we naar de nek van de Draak. Ik ben er met de geiten vaak geweest.'

Even later lagen de boten al een heel eind uit elkaar.

'Heb je een idee hoe we het aan kunnen pakken?' vroeg Jeroen aan Jonathan.

De Vlootvoogd knikte. 'Zoals piraten het al eeuwen doen. Zo zachtjes mogelijk zo dicht mogelijk bij komen. Aan boord klimmen zonder dat ze het merken. En dan hun kelen afsnijden, hè.'

Hij knipoogde, maar Liam zag dat niet. Die sputterde verontwaardigd. Stijn schaterde.

'Met hoeveel zijn die stinkers?'

Jeroen telde nogmaals in gedachten. Alic, de sterke

bruine jongen en zijn blonde vriend met de brede schouders – Basil. De twee meiden. Chip, de zombie met de doorzichtige ogen, en Pukkelrug, David. En die Boksbal (Eddy?) plus die Viking, Felix. Ja, het waren er acht.

Hij vertelde wat hij had gezien.

'We moeten eerst de leider te grazen nemen, Alic. Ik heb van dat grijze tape bij me. We kunnen hem binden en als gijzelaar gebruiken.'

'Toe maar!' zei Liam. 'Wil je soms opgepakt worden voor ontvoering? Die rijkeluizen hebben altijd de wet aan hun kant, hoor.'

Jeroen keek hem even verwonderd aan. Waren ze het voor de verandering zomaar ééns?

Maar Liam ging door: 'We hóéven toch geen geweld te gebruiken? De Tweede Wet zegt...'

Jonathan viel hem in de rede: 'Jeroen heeft ze toch een kans gegeven? Praten kan altijd nog. Ze luisteren vast beter als ze geen keus hebben.'

Liam trok een grimas.

'Ik ben het er niet mee...'

'Aan land maak jij de dienst uit, Schout. Maar op zee gelden andere wetten,' zei de Vlootvoogd beslist.

Jeroen grijnsde. Toffe gast, die Vlootvoogd. Die snapte tenminste hoe je zoiets aanpakte. Tenslotte ging het om de eer van Drakeneiland!

Hij dacht aan het schoolplein. Er was een stel jongens van een andere school dat altijd zat te klieren, en op een dag hadden ze zijn Zwitserse zakmes afgepakt. Maar toen Jeroen voorstelde om die gasten eens flink te grazen te nemen, lachten de jongens uit zijn klas alleen maar.

'Ja, het zijn schooiers,' had Sebas grinnikend gezegd. En daarna waren ze gewoon over iets anders begonnen.

Nee, dan was het hier beter, dacht Jeroen. Op Drakeneiland werd tenminste naar hem geluisterd.

Jonathan zei: 'Weet je wat: we halen eerst de roeiboot op. Jullie drieën op de roeiboot, dan leid ik ze af met de reddingboot. En intussen klimmen jullie langs de trap aan de achterkant het dek op.'

Jeroen knikte. Dat was een nóg beter plan, en van Jonathan kon hij het wel hebben.

Liam zweeg nadrukkelijk. Maar die wist dat zijn mening nu niet meer telde.

Ze zetten koers naar de kust. De roeiboot lag op het strand, verlaten. Her en der klauterden figuurtjes tegen de rotsen op.

Jonathan bond de roeiboot weer achter de reddingboot. 'Hou je vast! Volle vaart vooruit!'

Ze spoten weg. De roeiboot klapte op de golven. Ze zouden eerder in de baai aankomen dan Marnix en de rest. Maar dat was juist goed. Want als er niemand op het schip was, hadden ze de tijd om door te varen naar het strand en de aanval vanaf de andere kant inzetten.

Vlak voor de rotspartij die het baaitje afsloot, nam Jonathan gas terug.

'Mannen, aan boord van de roeiboot!' beval Jeroen.

Liam en Stijn deden wat hij zei.

'Trossen los!' riep Jonathan.

Jeroen maakte het touw los.

'Eerst jullie nou,' zei Jonathan. Als ik zie dat jullie er bijna zijn, kom ik in actie.'

Jeroen en Stijn, die het sterkste waren, begonnen te roeien. Jonathan bleef achter de rots met de reddingboot. Jeroen keek om naar het jacht. Geen kip te zien. Ook de meisjes lagen niet meer op het dek. Hij speurde de golven af – nergens een dobberend hoofd. Waren ze aan het duiken? Maar ze konden ook in de kajuit zijn. Met al dat bier van vanochtend waren ze vast al aan een dutje toe.

Toen waren ze er opeens bijna. De roeispanen werden binnenboord gehaald. Stilletjes gleden ze naar de achterkant van het jacht toe. Jeroen stapte het trapje op en gluurde over de achtersteven.

Toen klonk er een enorm geraas. Met brullende motor kwam Jonathan aanvaren. Hij maakte een wijde bocht om

het jacht heen en begon voor de boeg op en neer te varen. Hij maakte zulke hoge golven dat zelfs het grote jacht op en neer ging.

'Hé klojo! Ga je moeder lopen pesten!' Er verscheen een hoofd uit de kajuit. Even later stonden Chip en Harriët op het dek, en Boksbal. Ze renden naar de voorkant van het schip en gingen daar op Jonathan staan schelden.

Jeroen hield nog even zijn maten tegen. Toen er niemand meer uit de kajuit kwam, zei hij: 'Oké jongens! De leider is er niet, maar we pakken het meisje. Gooi die gozers maar in zee. Nu!'

Met hun handen roeiden Jeroen en Stijn de roeiboot naar de achtersteven. Zachtjes botsten de boten op elkaar. Jeroen wenkte en ging aan de kant om Stijn en Liam te laten passeren. Maar Liam ging niet.

'Ik ben de Schout. Ik kan toch niet als een ordinaire zeerover aan boord stappen...'

Het was niet het moment om te discussiëren. Jeroen liet Liam achter zich en klom het achterdek op. Stijn en hij verborgen zich achter de kajuit.

'We lokken ze hierheen,' zei Jeroen zachtjes. Op dat smalle stuk moeten ze achter elkaar lopen. Ik de eerste, jij de tweede en ik pak het meisje. Oké?'

Stijn knikte.

Toen brulde Jeroen: 'In naam der wet! Dit schip is van ons!' Hij herhaalde het in het Engels.

Zoals hij verwacht had, kwamen de stinkers langs de kajuit aanhollen. Voorop liep de lange Chip. Jeroen schatte zijn lengte, zijn vaart en de hoogte van de reling. Op het juiste moment stak hij zijn voet uit. Meteen mepte hij in het wilde weg omhoog. Zombie struikelde, vloog opzij en klapte over de reling... maar viel niet. Hij bleef hangen en begon zich alweer overeind te werken.

Jeroen was achter hem aan gesprongen en hees hem aan zijn broekband omhoog. Hij zette zoveel kracht als hij kon. Chip vloog omhoog, bleef nog even aan één voet haken maar plonsde toen in het water.

Op dat moment bedacht Jeroen dat hij het trapje niet had opgeklapt. Hij vloog weer naar de achterkant van het schip. Achter zich hoorde hij dat Stijn en die andere gast in een hevig gevecht waren gewikkeld. Het meisje gilde, maar zo te horen deelde ze ook klappen uit. Hoe zat die stomme trap nou vast? Hij kreeg er geen beweging in.

'Liam, help eens!'

Maar de roeiboot was afgedreven. Die sukkel van een Liam had hem niet eens vastgelegd. Of deed hij het expres?

Achter hem op het dek hijgde Stijn: 'Jeroen... help!' Het klonk benauwd.

Toen kwam opeens de reddingboot aanstormen. In een waaier van opspattend water legde Jonathan hem tegen het zeiljacht aan. Hij klom aan boord en zette een hendel aan de trap om, net op het moment dat iemand Jeroen in zijn nek sprong. Hij viel op het dek met iemand boven op hem.

Jonathan sprong aan boord, klapte de trap omhoog en sjorde meteen de jongen van Jeroens rug af. Die rook sterk naar bier en viel log op het dek. Boksbal Eddy.

Jeroen herkende de pet die hij droeg. Zíjn pet! Hij werd opeens ontzettend kwaad. Hij sloeg Boksbal de pet van het hoofd. Hij greep Eddy's wild trappelende voeten en Jonathan pakte hem bij een pols en zijn kraag. Ze zwaaiden hem even heen en weer en smeten hem met een boog in de golven.

Zo. Oog om oog.

Op het dek lag Stijn. Het meisje – Harriët – zat op zijn borst.

'Wat wou je nou, kleintje?'

Jeroen slaakte een kreet. Met Jonathan stormde hij op ze af. Het werd nog een heel gevecht, met omvallende dekstoelen en bloed uit een bijtwond – Jeroens bloed, en Harriëts tanden. Maar toen zette Jonathan zijn knie op haar borst en kon Jeroen tape om haar polsen wikkelen.

'Hèhè,' zei Stijn. Hij veegde het zweet uit zijn ogen.

Ze hadden gewonnen.

Buit: een zeiljacht en een gijzelaar. Niet gek.

De gijzelaar

Jeroen raapte zijn pet van het dek en zette hem op. Ook hij zweette als een otter.

'Zo,' zei hij. 'Nu snappen ze de bedoeling wel, denk ik.'

Eigenlijk was het té snel gegaan. Viel er niet nog wat te vechten? Door zijn verrekijker tuurde hij naar het eiland.

'Nu die anderen nog, die lui die aan land zijn gegaan. Liam! Hier komen! En snel wat!'

'Ik zou liever hier wachten,' zei Jonathan, die verliefd zijn hand langs het hout van het roer liet gaan. 'Vroeg of laat duiken die anderen hier op. Of weet je wat? We hijsen de zeilen en varen naar de kust. Dat baaitje is diep genoeg. Daarmee trekken we geheid hun aandacht. Oké, Koddebeier?'

Jeroen verdacht hem ervan dat hij alleen maar een stukje wou varen met het mooie zeiljacht, maar het was hem best. Zodra ze dat deden, zouden Alic en zijn vrienden wel tevoorschijn komen. Het jacht mocht dan gekaapt zijn, Jeroen had het gevoel dat Alic en Gilda erop thuis hoorden. Ze zouden het schip toch wel weer bij hun ouders willen inleveren.

'Goed plan,' zei hij daarom. 'Wel een beetje snel graag, want die twee stinkers proberen aan boord te komen.'

Aan de achterkant van het schip probeerden Zombie en Boksbal houvast te krijgen aan de beugels die daar zaten. Stijn had er zijn handen vol aan ze telkens terug te duwen. Hij zou Liams hulp goed kunnen gebruiken, maar die was op een afstandje gebleven, al had hij nou wel de roeispanen in zijn handen.

'Proberen jij en Stijn maar weg te zeilen,' zei Jeroen. 'Ik houd me wel bezig met de gijzelaar.'

Hij tapete Harriët, die hem schreeuwend allerlei nieuwe Engelse scheldwoorden leerde, aan de reling vast. Maar toen hij haar enkels ook wilde boeien, hield Jonathan hem tegen.

'Dat is gevaarlijk. Stel dat we omslaan, dan verdrinkt ze. Maak haar ook maar van de reling los.'

Sputterend deed Jeroen het. Jonathan ook met zijn voorzichtigheid. Hoe kon zo'n groot jacht nou omslaan?

Maar de wind was aangetrokken, en Jonathan en Stijn hielden het grote schip maar amper in bedwang. Harriët kronkelde. Jeroen pakte een reddingsboei uit een kist en duwde hem over haar hoofd. Nu zaten haar armen klem tegen haar lichaam en kon ze toch niet verdrinken.

'Je bent een gijzelaar,' zei hij. 'Je mag pas vrij als je vrienden ons eiland met rust laten. Begrijp je dat? Anders sluiten we je op in het donker, op water en brood.'

Het schip kreeg vaart en maakte een paar scherpe bochten, een dwarspaal – giek, zei Jonathan – zwiepte van links naar rechts over het dek en terug. Nu moest Harriët wel stil blijven zitten. Jeroen maakte van de gelegenheid gebruik om het trapje af te gaan naar de kajuit.

De zitkamer was van een enorme luxe; het was er koel als in de Groene Grotten. Op een megascherm draaide een tekenfilm met het geluid uit. Jeroen liep door de ruimte naar achteren. Eerst kwam hij in een kombuis dat groter was dan hun keuken thuis. Daarna liep hij door een gangetje met rechts hutten en links losse kooien en bergruimtes. Een paar duikpakken lagen slordig in een nis, twee harpoengeweren er nonchalant bovenop. Welja!

Op een bed zag hij een draadloze koptelefoon en drie verschillende dingen om spellen mee te bedienen, waaronder een echt stuur. Jeroen kreeg een draaierig gevoel in zijn maag. Sommige kinderen hadden écht alles.

De volgende hut was één grote hoop bikini's, haarelastieken, föhns, make-uptasjes en jurken. Verderop was een fitnessruimte, met bubbelbad. Aan het eind een berghok met surfplanken, en dikkig opgerolde doeken. Dus die lui konden ook al surfen met vliegers! Zelfs de jongens uit zijn klas zouden jaloers op deze stinkers zijn.

'Niet normaal,' zei Jeroen hardop.

Toen hij weer aan dek kwam, zag hij dat ze juist het baaitje aan de noordkant van de Drakenkop binnenliepen. Op het smalle strandje was niemand te zien. Hij zag hoofden deinen op de golven: de Engelsen die ze overboord hadden gegooid, zwommen richting het strandje. Dat lag er verlaten bij.

Jeroen haalde zijn verrekijker tevoorschijn en speurde langs de rotswanden. Hé, klauterde daar niet iemand? Hij stelde de verrekijker scherp. Het was Felix, aan het rode staartje te zien. En verderop: was dat de pukkelrug van David niet? Ze durfden wél; de helling was steil en de rotswand liep beneden uit op grillige rotsen. Vallen kon fataal zijn.

Hij wees. Stijn tuurde, maar Jonathan, die echte zeemansogen had, zag het ook.

'Verduizend! Er zijn er al een paar boven ook!'

Ja, helemaal boven, op de top van de klif gebeurde iets. Kleurige vlakken schenen vlak voor zijn ogen te dansen, maar hij kreeg de kijker niet scherp genoeg ingesteld. Werd er soms gevochten? Waren Marnix en Dana en Jakko aangekomen?

Jonathan reikte langs het roer en opende een kastje, waar hij in rond grabbelde.

Hij vond een megafoon, wat hij kennelijk had verwacht. Hij grijnsde naar Stijn en zette hem aan. 'Tijd om te laten zien dat we ze de baas zijn.'

Jeroen had de kriebels in zijn lijf. Hij had alweer veel te lang niks gedaan. 'Zijn er geen vuurpijlen?' vroeg hij.

Jonathan grabbelde in het kastje en gooide hem een pak lichtkogels toe.

Jeroen haalde de aansteker uit het kokertje in zijn borstzakje. Die was nog kurkdroog. Sissend schoot een lichtkogel de lucht in. Aan een parachuutje dreef die weg.

Jeroen keek door de verrekijker. Zombie en Boksbal hielden op met zwemmen en legden hun hand boven hun ogen. Boven op de klip zag Jeroen jongens wijzen.

Jonathan brulde: 'Luister! Wij hebben Harriët! Horen jullie dat?'

Harriët proestte. Jonathan keek haar verbaasd aan.

'Eh... en nou in het Engels,' zei Jeroen.

'O, eh, ja.' Jonathan zette de megafoon weer aan zijn mond en herhaalde de boodschap in het Engels. 'Horen jullie me? Harriët is in onze macht. Als jullie haar levend terug willen zien, kom dan onmiddellijk naar beneden. Ik herhaal: verlaat Drakeneiland onmiddellijk!'

Jeroen had niet genoeg rust om te wachten.

'Ik ga eropaf!' riep hij. 'Ik smijt ze in zee. Ze hebben daar niks te zoeken, die stinkers!'

Hij dook het water in. Met grote slagen zwom hij naar het strandje. Hij week iets af van de koers van Zombie en Boksbal, zodat hij eerder bij de kust was, maar wel via scherpe stenen op de kant moest krabbelen. Zonder aarzelen begon hij te klimmen. Hij zou die gasten de klippen af gooien, hij zou...

Het woedende gebrul van Jonathan door de megafoon zweepte hem op. Hij klom als een razende, ook al had hij opnieuw last van zijn natte broekspijpen. Af en toe keek hij naar boven om de route te bepalen, maar hij kreeg geen zicht op de top en moest gokken waar de Engelse jongens waren.

Toen had hij al zijn aandacht nodig voor het klimmen. Halverwege kwam hij vast te zitten onder een overhangend stuk. Hij moest eromheen, eerst naar rechts en toen naar boven, tot hij ter hoogte van een plateautje kwam en... aankeek tegen een paar blote benen.

Hij schrok zich een ongeluk. Want dit waren de gebruinde benen van... hij keek omhoog. Juist: Gilda. Een uithaal van haar schoen was genoeg om hem in de afgrond te storten.

Maar Gilda was net zo geschrokken als hij. Ze staarde naar hem. Jeroen krabbelde zo snel mogelijk overeind.

'Wegwezen, snotneus!' zei Gilda kwaad.

Nu werd-ie helemaal mooi! Jeroen blies zich op.

'Dacht het niet,' zei hij. 'Dit is óns eiland. Gauw naar beneden, of ik gooi je eraf.'

Gilda verroerde zich niet, trok alleen een gezicht. Jeroen greep haar beet. Ze was ouder, maar niet zoveel groter dan hij. Dreigend kneep hij in haar bovenarmen en hij deed of hij haar de rots af wilde duwen. Toen kwam een van haar borsten tegen zijn hand en daar schrok hij van; voor hij het wist, had hij haar losgelaten. Ze glimlachte.

'Wat een held,' zei ze. Haar glimlach was dun. Ze hoorden stenen naar beneden rollen; het was een diepe val.

Jeroen wees naar het zeiljacht.

'We hebben jullie schip. We hebben je vriendin. Mijn vrienden gooien haar met boeien en al in het water als jullie niet oprotten.'

Dat zouden Jonathan en Stijn nooit doen, maar dat kon zij niet weten.

Ze keek hem weer aan met die blik van: vieze inktvis. Maar daar was hij nu niet meer gevoelig voor. Die blik was nep; hij voelde dat ze bang was.

Opeens keek ze omhoog.

'Aaaaliiic!' gilde ze. 'Baaasiiil!'

Ook al wilde hij het niet, Jeroen volgde Gilda's blik. En toen legde hij zijn hoofd in zijn nek en viel zijn mond open.

Over de rand van de klip verscheen een groene boog, met twee bungelende voeten, nee, een hele bungelende jongen eronder. De boog werd een vliegscherm. Een eindje verderop kwam er nog een tevoorschijn. Geel stak hij af tegen de strakblauwe lucht. Geel en groen – goud en groen: de kleuren van Drakeneiland. Maar de jongens aan de schermen waren rijke Engelse stinkers die deden of de wereld van hen was. En ze zeilden zó over hun hoofden heen naar de baai.

Even waren ze op gelijke hoogte; Alic aan de groene vlieger het eerst, aan de linkerkant, daarna Basil aan de gele, rechts van hen. Basil blies een kushandje naar Gilda.

'Niet bang zijn, wij lossen het op.' Toen daalde hij verder.

Jeroen vergat dat hij met een vijandig meisje op een klein rotsplateautje stond. Ademloos van afgunst keek hij naar de vlucht van de kleurige schermen. Wat moest dat heerlijk gaan!

Alic zeilde naar het jacht, dat nu dichterbij lag. Zombie en Boksbal kon Jeroen niet meer ontdekken.

'Harriët! Ik kom je halen!' schreeuwde Alic. Jeroen zag hoe het meisje op het jacht rechtop ging staan. Voor Jonathan of Stijn haar konden tegenhouden, rende ze naar het voorschip. Doordat haar armen in de reddingsband strak tegen haar lijf zaten, liep ze heel raar, maar ze was zo snel, dat ze op de voorste punt van de boeg stond voor Jonathan of Stijn haar hadden kunnen tegenhouden.

Jeroen keek even naar Gilda. Zij stond op het uiterste puntje van de rots en zag er ongerust uit.

Basil, nu recht onder hen, daalde sneller dan zijn vriend. Hij landde op het strandje, rende een paar stappen en klikte zijn scherm los. Hij gooide zijn harnas af en liep de bran-

ding in, klaar om naar het schip toe te zwemmen. Alic zweefde intussen recht op Harriët af.

'Steek je armen omhoog!'

'Ja, dat kan ze dus lekker niet,' mompelde Jeroen tevreden. Die reddingboei was een slim idee geweest.

Alic scheerde rakelings over het schip; het groene scherm ontweek maar net de grote mast. Hij daalde scherp en probeerde Harriët te grijpen. Maar daarbij duwde hij haar omver. Ze kukelde in zee, spartelde en spetterde.

Alic landde in het water. Dat leek Jeroen geen pretje met al die touwen. Maar de stinker bevrijdde zich handig van scherm en harnas. Het dure scherm dreef weg op de ebstroom en de oostenwind.

Opeens dook van achter het jacht de roeiboot op, met Liam erin. Vanaf zijn hoge plek kon Jeroen zien hoe Liam op Harriët af roeide. Viel dat even mee van de Schout! Op het laatste moment had hij dus toch besloten aan het plannetje van Jeroen en Jonathan mee te werken.

Liam legde de roeispanen op een bankje en ging op zijn knieën zitten om Harriët naar binnen te hijsen. Maar het lukte hem niet.

Jonathan riep iets, wat Jeroen niet verstond. Nu duwde Liam op Harriëts schouders tot ze onder water verdween. De Schout wilde haar toch niet verdrinken?

Maar nee. Liam liet los en door de drijfkracht van de reddingsboei schoot Harriët omhoog, zodat Liam de band kon grijpen en haar in één zwaai aan boord gooien. Harriët scheen niet blij te zijn met die actie, ze brulde van alles.

'Hadden jullie maar moeten luisteren,' mompelde Jeroen.

Hij keek even naar boven. Waar waren de anderen eigenlijk? Er ontbraken nog een paar van die stinkers, en ook Marnix met zijn groepje moest er nu toch wel eens zijn... Hij keek weer naar beneden. Tot zijn verbazing was Liam niet weggevaren met de gijzelaar. Hij scheen ergens op te wachten. En dat terwijl Alic snel aan kwam zwemmen en elk moment bij de roeiboot kon zijn.

'Kijk uit! Achter je!' gilde Jeroen.

Liam keek om. Maar hij stak een hand op naar de Engelse jongen, en liep daarna naar achteren om Alic aan boord te helpen. Wat deed die idioot nou?

Alic sleurde de reddingboei van Harriët af, en terwijl hij haar polsen losmaakte, schreeuwde hij allerlei onverstaanbaars. Maar intussen roeide Liam terug naar het jacht. Hij legde aan bij het trapje en hielp Alic en Harriët aan boord.

Jeroen sloeg zijn vuist in zijn handpalm. Daar ging hun gijzelaar!

Liam sprak even met Jonathan en Stijn, die boze gebaren maakten, maar toen in de reddingboot klommen. Even later tuften ze in de richting van het strandje. Liam kwam er langzamer achteraan.

Nu merkte Jeroen dat Gilda niet meer op het plateautje stond. Ze klauterde al een heel eind lager, op weg naar beneden. Basil, op het strandje, had zijn vliegscherm opgerold en droeg het boven zijn hoofd naar de branding. Hij wilde het zwemmend naar het jacht brengen, toen Liam hem te hulp kwam. Hij híelp die stinker nota bene!

Grommend keek Jeroen toe terwijl de roeiboot Basil met zijn scherm meenam en helemaal naar het jacht bracht, dat intussen de zeilen had gestreken en op de motor naar de groene vlieger van Alic voer.

Wat een dropzak. Wat een ontzettende boktor! Liam mocht dan de Schout zijn, hij had echt hélemaal geen hersens. Wie ging die stinkers nou helpen! Dan dachten ze helemaal dat Drakeneiland over zich liet lopen!

De inval

Jeroen was zó kwaad, dat zijn knieën en ellebogen ervan trilden. Hij merkte het toen hij omlaag begon te klimmen. Straks viel hij nog te pletter. Allemaal door die moshommel van een Liam. Met die gijzelaar hadden ze de indringers kunnen dwingen weg te gaan. Nu was alles voor niks geweest.

Weer keek hij naar boven. Het begon nu toch wel gek te worden dat de anderen maar steeds niet kwamen. Ze waren toch niet in een gevecht verslagen door de rest van de stinkers? Pukkelrug, Viking, Zombie en Boksbal waren nergens te zien.

Het hing dus weer eens van hem af. Hij was degene die het groepje van Marnix moest gaan helpen. Oké dan. Niet naar beneden; omhoog moest hij.

Hij zocht een stevig steuntje voor zijn voeten en zette zijn handen aan zijn mond.

'Jonathan!'

De Vlootvoogd hoorde hem. Jeroen wees naar boven en maakte klimmende bewegingen.

'Oké!' hoorde hij. 'Dan gaan wij...' De rest van de zin werd meegenomen door de wind. Maar het zou wel goed zijn. Op Jonathan kon hij vertrouwen.

Hij klom zo snel hij durfde langs de rotswand verder omhoog; het werd al gauw minder steil, tot hij op een vlak stuk kwam. Nog één keer keek hij om.

Het zeiljacht was weer van wal gestoken; het voer om de Drakenkop heen naar het zuiden. Zouden ze weggaan? Dan waren die andere vier stinkers nu ook op het schip.

Zeker aan boord gegaan toen hij het druk had met klimmen.

Nu moest hij eerst zeker weten dat er niets met zijn vrienden was gebeurd. Marnix was een potige jongen die voor zichzelf kon zorgen, en Ruben, Jakko en Dana kreeg je er ook niet zomaar onder. Maar het was toch gek dat hij ze nog maar steeds niet op de klifrand had gezien.

Hij moest nog een stuk omhoog, en toen had hij opeens uitzicht over de toppen van de bergen die de Drakenkop omringden. Kale bergen waren het, begroeid met struiken en een paar kromgewaaide boompjes. Links lag het Donkere Bos, dat zich uitstrekte tot Verboden kust. Nergens zag hij iets bewegen.

Hij zette zijn handen aan zijn mond en riep zijn vrienden, zo hard als hij kon.

Geen antwoord. Zaten ze soms in een grot verscholen om de stinkers onverwacht te bespringen? Maar dat was niet de afspraak. Ze zouden deelnemen aan de aanval.

Ze waren toch niet naar huis gewandeld? Misschien had Marnix gezien dat het zeiljacht vertrok. Dan had hij natuurlijk geen zin gehad de gevaarlijke helling af te dalen. De weg langs de waterval en het Meer van Glas was een stuk makkelijker. Ja, zo moest het gegaan zijn.

Jeroen zelf had trouwens ook geen zin in de griezelige afdaling. Zijn knieën bibberden al als hij naar beneden keek... Jonathans boten waren van hier af niet te zien. Lagen ze te dicht onder de kust, of waren ze al vertrokken?

Zonder dat hij een beslissing had genomen, was Jeroen begonnen het paadje te volgen, naar Akropolis, het centrum van Drakeneiland. Het was wel een stief uur lopen, maar zo zou hij toch veel eerder thuis zijn. Jonathan zou het wel begrijpen.

Toen Jeroen eindelijk het plein met de eik op kwam strompelen, was het al middag. Hij wist eerst niet wat hij zag.

Op het terras van de Tapperij zaten de stinkers! Alle acht. Met hun kont op de tafels, blikjes bier overal, muziek, en sigaretten...

Hoe kon dat nou opeens? Waren ze met het jacht gewoon de Haven binnengelopen? Ja, en Jonathan was er natuurlijk niet. Niemand had ze tegen kunnen houden.

Op een afstandje stonden Hester, de Waardin, en Meral de Limonadeverkoopster zenuwachtig toe te kijken. Uit de bakkerij kwam René naar buiten rennen.

'Jeroen! Eindelijk. Doe iets! Die lui doen gewoon maar! En ze luisteren naar niemand.'

'Waarom hebben jullie ze zomaar toegelaten dan?' Jeroen balde zijn vuisten. Hij keek om zich heen. Vooral meisjes. Ja, logisch. Jonathan en hij dachten dat ze slim waren toen ze alle sterke kinderen meenamen. Maar hier hadden ze niet op gerekend.

Wendel kwam naar hem toe, de Voorzitter. Hij zag er verhit uit, met twee felrode plekken op zijn wangen.

'Koddebeier! Ik loop je al een half uur te zoeken. Waar is de Schout?'

Jeroen haalde zijn schouders op. Het verhaal was te lang om te vertellen.

'Dus Jonathan is nog niet terug?' vroeg hij.

Wendel en Renée schudden hun hoofd. Wendel liep naar Mo, de Klokkenluider, die stilletjes in de eik zat en naar de indringers staarde.

'Heb jij de Schout gezien? Of de Vlootvoogd?'

Maar Mo had ze niet gezien.

Er bekroop Jeroen een ongerust gevoel.

'En de Aanklager? En Jakko? Dana? Ruben? Gerrit? Hein?'

'Sinds vanochtend niet gezien,' zei Mo.

Dus ook Marnix en zijn clubje waren nog niet terug. Mo wist meestal wat er omging in het centrum.

Wendel en Renée keken ongerust naar Jeroen.

'Wat is er gebeurd?' Wendel deed duidelijk zijn best om kalm te klinken.

Jeroen wees naar de Tapperij.

'Die rijke stinkers. Ik zag ze vanochtend in de Roversbaai. We wilden ze wegjagen.'

'Nou, dat is dan goed gelukt,' zei Wendel. 'Gefeliciteerd, hoor. Je had naar óns moeten komen!'

Precies de reactie waar Jeroen bang voor was geweest.

'Jonathan is op de terugweg,' zei hij, 'met Liam. Maar de anderen ben ik kwijt. Geen idee waar ze zijn.'

Er kwamen nog een paar kinderen naar hen toe. Niemand wist waar Marnix en de anderen konden zijn.

'Maar nu zijn alle sterke kinderen weg,' zei Hester angstig. 'Wat doen we nu?'

Wendel keek naar het terras. Jeroen volgde zijn blik.

'Wat kúnnen we doen?' vroeg Mark.

De stinkers plasten tegen de eik. Praatten en lachten luid. Zetten hun muziek keihard. Twee zaten er te zoenen. Gilda stond opeens op en ging dansen. Harriët deed mee. De muziek ging nog harder.

Jeroen keek vragend naar Wendel. Dit kon toch niet? De Voorzitter wreef zenuwachtig over zijn wangen.

'Ik heb geen idee wat we kunnen... Ik heb ze al netjes gevraagd of ze... Maar mijn Engels is niet zo... Ze lachten me in mijn gezicht uit.'

Jeroen keek hem verbaasd aan. Wendel die niet uit zijn woorden kon komen, dat was nieuw! Maar het betekende niet veel goeds.

Tot zijn ontzetting zag Jeroen dat een paar kinderen uit de Diepte mee begonnen te dansen. De Danseres en een Muzikant, Estelle en Sanjay. Ze maakten er een heel showtje van. Meral de Limonadeverkoopster begon met de stoere Basil te flirten. Moshommels! Waarom deden ze nou met die stinkers mee? Ze kregen zelfs een blikje van Felix.

'Dat is toch geen bier?' mompelde Wendel ontzet.

Maar het was wel bier.

Mark de Spellier slenterde het plein over. Hij ging bij de stinkers op een van de tafeltjes zitten.

'Dat doet hij anders nooit,' zei Myrna.

Ze zagen hem gebaren en naar het bier wijzen. Viking

bood hem ook een blikje aan, maar Mark weigerde. Toen gaf Felix hem een reep en die pakte hij aan. Even later zaten ze samen een computerspelletje te doen.

'En dat voor een held!' zei Myrna. 'Een Drakendoder!'

Ja, het viel Jeroen ook zwaar tegen van Mark.

Het kon nog erger. Onder de ogen van de Voorzitter en de Koddebeier, slenterde Chip de Zombie het kantoor van de krant binnen.

Hé!' riep hij. 'Een computer! Dus ze zijn hier niet helemaal achterlijk!'

Dat was de computer waarop de Tamtam werd gemaakt.

Er klonk gekletter.

Chip vloekte luid.

'Dat stomme ding heeft niet eens internet!'

'Hebben jullie aan boord dan geen internet?' vroeg Mark aan de stinkers buiten. Zijn stem kwam maar net over de muziek heen.

'Natuurlijk wel,' zei Alic beledigd. 'Maar we hebben geen stroom meer. De diesel is op en de accu leeg.'

'En de wind staat precies verkeerd,' zei Viking. 'We zitten hier vast, mannen.'

'Omdat jullie nog geen meter kunnen zeilen,' zei Alic.

'Is hier geen airco?' Harriët liet zich op een bankje vallen en droogde haar zweet af aan een tafelkleedje.

In het kantoor van de Tamtam werd iets op de grond gesmeten.

Jeroen rende naar het kantoortje van de krant. Het toetsenbord lag op de grond en de muis was nergens te vinden. Zombie had met de spullen gesmeten dus. Hij moest aangehouden worden.

'Je staat onder arrest,' zei hij in zijn mooiste film-Engels. 'Je hebt het recht om te zwijgen...'

De grote jongens barstten in lachen uit.

'Hoor dat kereltje nou eens!' hikte Chip.

'Je hebt het recht om te zwijgen...' Felix deed hem overdreven na.

Zombie had Jeroens arm afgeschud zonder zelfs maar naar hem te kijken.

'Geef me nog een biertje,' zei hij. 'Dan ga ik wat kussens van de bedden halen. Ik krijg een houten kont van die bankjes hier.'

'Stop!' zei Jeroen. 'Ik zeg toch dat je gearresteerd bent.'

Chip lachte en liep hem voorbij.

'Gah-gah-gah! Aan de kant, kereltje.'

Het was om razend van te worden! Jeroen ging naar Wendel, die bij de eik stond.

'Die boktor heeft Wouters computer stuk gemaakt, Voorzitter.'

Maar Wendel dacht aan iets anders.

'Ze kunnen niet weg,' zei hij. 'Ze kúnnen niet weg!'

'Wat een luieremmers,' zei Pierre, de Pizzabezorger, die net langsliep. 'Kapen een jacht en kunnen niet eens zeilen.' Hij ging de bakkerij in.

'Wat moeten we doen?' Myrna was bij Jeroen en Wendel komen staan. Er stonden tranen in haar ogen – Myrna, die altijd zo nuchter was, huilde! 'Hoe krijgen we die moshommels weg?' Ze fluisterde, hoewel dat natuurlijk niet nodig was. De stinkers verstonden geen Nederlands.

Wendel rechtte zijn rug. Hij zag er niet heel erg manhaftig uit. Hij zei: 'Verdrie, waarom is de Schout er nu niet? Die zou me kunnen vertellen wat de wet zegt over zulke gevallen.'

Jeroen dacht niet dat de wet zou kunnen helpen. De stinkers erkenden Drakeneiland niet eens.

Eddy kwam terug, met de hangmat van Wouter over zijn schouder, bol van de kussens. Hij stortte ze op de grond tussen de bankjes op het plein. Jeroen herkende zijn eigen hoofdkussen. Even later zaten Boksbal en Pukkelrug er met hun billen op.

'Genoeg,' zei Wendel. 'We moeten iets doen.'

Eindelijk, dacht Jeroen.

De Tweede Wet

Iets doen, dat betekende voor Wendel vergaderen.

'Klokkenluider, roep de Parlevinkers bij elkaar.'

Jeroen zuchtte hoorbaar. Ja hoor, dat zou helpen!

Mo, in de eik, luidde de klok. Ceder en Pjotr, twee Parlevinkers die vlakbij woonden, verschenen als eersten. Meteen daarna kwam Wouter aandraven, de Nieuwsjager, die er altijd bij was als de raad vergaderde.

Maar er hingen nog een paar stinkers op de stenen bankjes en ze gingen niet aan de kant. Wouter keek verbaasd toe. Toen Wendel op de plaats van de Voorzitter ging zitten, kwam Wouter naast hem staan.

'Wat moet dit? Wie zijn die lui?'

'Rijke stinkers,' zei Wendel. 'Ze doen of ze thuis zijn. Ze hebben je computer stuk gemaakt.'

Wouter rende naar het kantoortje van de Tamtam. Even later kwam hij terug. Hij zag er kwaad uit. Maar hij maakte alleen aantekeningen.

'Is dat alles?' vroeg Wendel. 'Ben je niet boos?'

'Razend,' zei Wouter. Hij schreef door.

'Waarom doe je dan niks?'

'Ik doe toch wat! Ik maak een verslag.'

Wouter en Wendel waren vrienden. Allebei even grote kletskousen. Jeroen schuifelde ongeduldig met zijn voeten door het stof. De hemel betrok; iets in de lucht maakte dat hij niet stil kon blijven staan.

'Hou op,' zei hij. 'Dat geklets! Laten we met z'n allen... We zijn toch met veel meer? We kunnen...'

'Vechten?' vroeg Wendel met een frons.

'Natuurlijk!' zei Jeroen. 'We rossen ze de berg af.'

'Niks ervan!' Vanuit het niets dook Liam op. Hij hijgde, zo te zien was hij de heuvel op komen rennen vanaf het strand. Hij staarde naar de stinkers. Estelle en Meral waren nu aan het dansen met Viking en Boksbal. Ze hadden alle vier een blikje bier. Pukkelrug schudde een nieuw blikje, maakte het open en spoot bier in het rond. Hester werd nat en schoot haar keuken in.

'Kolossus!' zei Liam. 'Dus het is waar. We zagen dat jacht liggen en we konden het bijna niet geloven. Wat nu?'

'Aanvallen natuurlijk!' Jeroen begreep niet waarom ze allemaal dezelfde vraag stelden.

'Dacht het niet. Tweede Wet, Koddebeier, dat moest jij toch weten,' zei de Schout.

Ja, Jeroen kende als Koddebeier alle Wetten uit zijn hoofd. Maar de Tweede Wet gold toch zeker niet voor indringers? Die mocht je toch zeker wel aanpakken? Anders werd het een zootje.

Ook Jonathan kwam nu om de hoek van de bakkerij aanzetten. Hij had een rode kop en sputterde van kwaadheid.

Gelukkig, dacht Jeroen. Tenminste íemand die van plan leek tot actie over te gaan.

'Dat schip ligt gewoon aan de steiger!' brieste de Vlootvoogd. 'In míjn Haven! Hoe durven ze! Wendel, wat ga je eraan doen?'

De kring Parlevinkers was nu bijna rond. Alleen Fouad en Mees stonden nog, omdat hun bankje was ingepikt door de stinkers.

'Dat gaan we nú bespreken,' zei Wendel. 'En snel, want het gaat regenen.'

Doe maar flink, dacht Jeroen. Je hebt geen idee wat je eraan moet doen.

'Zijn Marnix en de anderen met jou mee teruggevaren?' vroeg hij aan Jonathan. Ze zouden de sterke kinderen nodig hebben als het op vechten aankwam.

'Nee,' zei Jonathan verbaasd. 'Ik dacht dat ze bij jou waren.'

'Verdrie!' zei Jeroen. 'Waar kunnen ze dan zijn? Ik heb ze nergens gezien en ik ben toch van de Drakenkop langs de kortste weg naar het centrum gekomen.'

Jonathan en hij staarden elkaar aan.

'Dat bevalt me niks,' zei de Vlootvoogd. 'Uitgerekend Marnix. En Jakko en Ruben... en Gerrit...'

'Misschien zijn ze onderweg gestopt om een grot te onderzoeken...' zei Jeroen. Hij geloofde er zelf niet in.

De klok luidde één keer. De vergadering ging beginnen. Jeroen zag dat Basil en Eddy, de stinkers op het stenen bankje, nieuwsgierig opkeken. Ze maakten geen aanstalten om op te staan. Mees en Fouad stonden erachter, en probeerden eruit te zien alsof ze toevallig meer zin hadden om te staan. Een windvlaag joeg over het plein; snoeppapiertjes die de stinkers hadden neergegooid dwarrelden om hun hoofden.

'Parlevinkers!' zei Wendel. 'We zijn bijeengekomen om van gedachten te wisselen over de nieuwe omstandigheden. Vechten is tegen de Wet. Geen geweld! Afgesproken? Dus wat gaan we...'

'Gag-gag-gag-gag,' zei Chip de Zombie luid. Boksbal Eddy maakte braakgeluiden. De rest van de stinkers lag dubbel.

Het bloed schoot naar Jeroens hoofd. Dit was toch niet om uit te houden! Ook de Parlevinkers waren verontwaardigd. Ceder gilde iets, Marisol was opgesprongen, Pjotr zat keihard met zijn vuist op zijn eigen bovenbeen te slaan.

'Niet op letten,' zei Wendel met een dun stemmetje. Een

windvlaag verstrooide zijn woorden. Wat had je nou aan zo'n slappeling? Wendel luisterde te veel naar de Schout. Kijk maar, Liam stond vlak achter hem, klaar om hem in te fluisteren wat hij moest zeggen.

Jeroen stootte Jonathan aan.

'Kijk die sulletjes nou,' mompelde hij.

Maar Jonathan zei: 'Ho even! Wendel is wél de Voorzitter. En als we Liam niet hadden...'

'Ssst,' sisten een paar Parlevinkers.

Felix frommelde met veel misbaar een leeg blikje in elkaar en gooide het op het dak van het fietsenhok. Ratelend rolde het een eindje door.

'Drakeneilanders!' begon Wendel opnieuw. Hij deed hoorbaar zijn best om zelfverzekerd te klinken.

Maar weer deed Chip hem na: 'Dgakkelandah!'

Op dat moment begon het te hozen. De regen stortte in stralen op hen neer. De stinkers waren het eerst overeind. Ze graaiden hun spullen bij elkaar en gingen schuilen onder het afdak van de Tapperij.

Dikke druppels striemden het plein en hamerden op de daken; het leek opeens heel donker. De Parlevinkers konden nergens schuilen; een paar kwamen onder de eik staan maar de meesten renden naar huis.

Jeroen bleef onder de boom staan toekijken. Wat kon hij doen? Wat kon hij doen als zelfs de Schout van Drakeneiland de benen nam?

Onder het afdak werden de olielampjes aangestoken. Alic zette de muziek luider. De koelbox ging weer open en even later zaten alle stinkers aan het bier. Het was feest in de Tapperij.

Op het plein lagen nog een paar hoofdkussens in de regen. Drakeneiland had verloren.

Jeroen schrok toen iemand vlak naast hem zachtjes zei: 'Daar staan we nou met ons goeie gedrag.'

Het was Pierre weer. Niet Jeroens beste vriend. Zelfs Liam de Schout leek een stoere bink vergeleken bij hem. Trouwens, Pierre woonde bij Liam, ze waren vrienden. Hij kletste en roddelde en papte aan met iedereen – hij maakte zelfs gedichten! Pierre was zo'n beetje het ergste soort jongen dat er bestond. Jeroen gaf dus geen antwoord.

Pierre zei: 'Weet je wat ik ga doen? Ik ga eens kijken of ik ze niet aan het lachen kan krijgen. Die stoere praatjes – ik trap er niet in, hoor.'

Jeroen haalde zijn schouders op. Het dichte bladerdak van de eik begon druppels door te laten. Zelfs Mo de Klokkenluider, die anders bijna nooit van zijn plek kwam, klom naar beneden.

'Ga je mee, Koddebeier?' vroeg Pierre.

Dat ergerde Jeroen enorm. Als hij die stinkers aan wilde pakken, zou hij dat heus wel doen. Maar hij mocht niet. Want de Voorzitter was ertegen en de Schout was ertegen.

'Ik ga echt niet aanpappen met die lui,' zei hij. 'Ze zitten met hun dikke kont op onze spullen alsof ze het recht hebben. Dan kunnen wij net zo goed hun jacht inpikken. Maar dan zou je ze moeten horen!'

'Zo zijn rijke stinkers nou eenmaal,' zei Pierre. 'Laten we eens kijken of we ze van hun stuk kunnen brengen. Kom op.'

'Ga jij maar. Ik dek je wel.'

Jeroen duwde zijn vuisten in zijn vochtige zakken en kneep. Wat klonk dat stom! *Ik dek je wel!* – alsof dát wat hielp!

Pierre liep recht op het afdak van de Tapperij af. Was hij echt zo dapper als hij zich hield? Toen hij midden tussen de stinkers stond, keken ze verbaasd op.

Pierre ging zitten, naast Gilda, en riep luid: 'Hester! Eén schaaltje gebakken mosselen graag!'

Maar Hester liet zich niet zien.

'Gaggagga,' zei Chip, de lange zombie. 'Wat is dat toch met die taal van jullie? Het lijkt wel of jullie de hele tijd moeten kotsen.'

Pierre lachte vriendelijk. Jeroen liep om de eik heen en ging gebukt onder het afdak van het fietsenrek staan. Hij boog zich over een zadel, alsof hij dat hoger wilde zetten. Intussen lette hij scherp op wat er bij de Tapperij gebeurde. Als Pierre in moeilijkheden kwam, moest hij hem natuurlijk toch redden.

'Waar komen jullie vandaan?' vroeg Pierre. 'Engeland zeker?'

De slijmbal!

Twee van de stinkers knikten.

'Mooi jacht daar beneden in de Haven,' zei Pierre. 'Van wie is het?'

Harriët hikte plotseling zenuwachtig en Boksbal – Eddy – hinnikte. Alic en Basil keken elkaar aan en haalden toen even hun schouders op.

'We hebben het gekaapt,' zei Basil. Hij zat geknield bij de stenen bak waar Hester soms maïskolven op roosterde en probeerde met een aansteker een paar natte takjes in brand te krijgen.

'Geleend zonder te vragen,' zei Alic.

'De ouders van Alic en Gilda waren gisternacht naar het casino,' zei Basil.

'Dat jullie dat zomaar durven!' zei Pierre.

Jeroen gromde.

'Wij durven alles,' zei Viking, die tegenover hem zat. Jeroen zag dat hij onder tafel in Harriëts blote been kneep. Viezerik.

Basil vloekte en zoog op zijn duim. Hij had zich gebrand. Net goed! Overal slingerden snoeppapiertjes, maar die gast was te stom om er het vuur mee aan te maken.

'Ik zou best een keer op zo'n jacht willen varen,' zei Pierre. 'Weinig kans dat mijn moeder ooit zoiets kan kopen. Of huren. Veel te duur. Ik mocht niet eens op zeilles.'

Waarom zei hij dat nou zomaar? Hij zag er heel onschuldig uit, maar Jeroen begreep opeens dat hij dat speelde. Pierre was zo gehaaid als een ouwe dief. En onbetrouwbaar als de wind. Alles behalve onschuldig.

'Mag ik niet een stukje met jullie meevaren straks?'

'Met dit weer zeker!' Gilda brieste als een paard.

'Nou, dan morgen of zo,' hield Pierre aan.

'Natuurlijk mag dat,' zei Alic. 'Welkom aan boord en doe of je thuis bent.' Jeroen dacht dat hij precies het omgekeerde bedoelde.

'En als je moeite hebt met de stromingen,' babbelde Pierre verder, 'moet je Jonathan vragen. Die weet alles van de zee.'

'Nou, wij ook,' zei Alic, weinig onder de indruk. 'En we hebben radar, hè. Zeg ventje, regel jij eens wat te eten.'

Pierre liep naar de bakkerij. Knechtje van de stinkers.

Basil gooide de aansteker naar Eddy.

'Probeer jij dat vuur eens aan te krijgen. Ik heb het koud.'

Boksbal gooide de aansteker keihard terug. Basil kreeg hem tegen zijn hoofd. Hij vloekte.

Dat gevloek, en de regen, en die rotzooi overal, en de stank van bier, en de vuile kussens, en die jankmuziek – dat alles maakte Jeroen nog kwader dan hij al was. Hun Drakeneiland, hun gezellige, goed geregelde Drakeneiland, leek in één klap verdwenen. Hij móest iets doen! Op zijn eigen manier!

De manier van Jeroen

Toen hij overeind kwam, stootte Jeroen zijn hoofd aan het lage dak van het fietsenhok, maar hij voelde geen pijn. Hij rende door de regen tot onder het afdak van de Tapperij. De regen begon erdoorheen te lekken.

'Ja?' vroeg Alic met opgetrokken wenkbrauwen. Zijn spuuglok zat nat aan zijn voorhoofd gekleefd. Daardoor zag hij er nóg arroganter uit.

'Hé, het is dat kereltje weer,' zei Felix. 'Ik denk dat hij weer boos gaat worden.'

'Laat hem,' zei Chip lijzig. 'Juist grappig.'

Jeroen voelde plotseling het bloed in zijn oren donderen. Dat had hij nog maar één keer eerder gehad, maar hij wist wat er nu ging gebeuren. Vanbinnen werd hij heel koel en rustig, bijna koud zelfs. Hij wist dat hij tot tien moest tellen. En hij wist dat hij dat niet wilde.

Jeroen wás kalm, héél kalm, maar hij wilde tegelijk razen en tieren en op benen en armen stampen en in buiken stompen en neuzen tot moes slaan. En heel kalm en rustig besloot hij dat hij dat ging doen. Nu.

En toen wás hij het aan het doen: hij gilde zijn longen uit zijn lijf, en hij schopte Chip waar hij hem raken kon, ook in zijn kruis. En hij balde allebei zijn vuisten en beukte hem ook nog eens in zijn smoel.

Toen Felix Zombie te hulp schoot, keerde Jeroen zich tegen hém. Hij schopte Felix tegen de knieschijf, greep de onderarm die hem vast wilde pakken en beet erin...

De smaak van bloed gaf hem kracht, en hij trapte achteruit toen hij voelde dat Chip hem wilde bespringen. Precies op het goede moment, Chip ging neer.

69

Jeroen was onoverwinnelijk.

Hij wist heus wel hoe hij eruitzag nu: als een ontsnapte hondsdolle orang-oetan die een spuitje moest krijgen. Het kon hem niet schelen, want heel Drakeneiland was weggekropen en niemand kon hem zien. Ze hadden hem in de steek gelaten; Marnix met zijn grote lijf en zijn grote mond, Jonathan die bij de eerste de beste regendruppel naar huis holde en Wendel met zijn praatjes...

Lafbekken, lafbekken! Jeroen sloeg erop los op het ritme van zijn gedachten. Maar híj was gebleven! Als enige!

Spuug vloog van zijn lippen en hij voelde zijn kop gloeien als een barbecue. Bloed spatte van zijn knokkels, zweet droop uit zijn haar en hij bleef maar gillen... Hij ging helemaal door het lint en tegelijk wist hij precies wat hij deed, en waarom.

Want dit ging niet meer tegen Alic en zijn stinkvriendjes. Dit ging niet eens meer alleen om de eer van Drakeneiland. Dit ging ook tegen de jongens in zijn klas. Dit ging vooral om de eer van Jeroen.

'Hé!'

Iemand greep hem van achteren beet, twee armen om hem heen, om zijn eigen armen en zijn buik. Iemand die lekker rook, iemand die zachtjes in zijn oor zoemde: 'Hé... hé joh... toe nou joh... kom op nou...'

Pierre.

Opeens voelde Jeroen dat hij helemaal slap werd, en hij kreeg plotseling ontzettend veel zin om te huilen. Pierre voerde hem mee naar de bakkerij, nam hem mee naar binnen, waar het warm was en licht van de olielampjes die op de deegtafel stonden en waar het naar vers brood rook.

Renée, de Bakker, zei: 'Hé jongens, ik heb keelpijnthee, willen jullie ook?' En het stond er een beetje blauw van de rook, doordat er regen door de schoorsteen in het vuur viel, en niemand zou zijn tranen zien.

'Ja graag,' zei Pierre. 'Straks gaat de Tapperij wel weer open, hoor, maar een bakkie van jou gaat er wel in, baas, en Jeroen wil ook wel.'

Jeroen hoefde alleen maar te knikken.

Pierre zou met hem mee naar huis lopen, maar Jeroen schudde zijn hoofd.

'Bedankt, maar het gaat wel weer.' Jeroen raapte zijn kussen en dat van Hassan uit de modder op. Het hoosde niet meer, maar de kussens waren nat en vies.

Jeroen voelde zich schoon en leeg vanbinnen, een beetje zoals vroeger, toen hij nog een papkind was. Toen de wereld nog te vertrouwen leek; voordat zijn moeder zomaar zonder te waarschuwen was doodgegaan. Hij had zin om te lachen of met zijn duim in zijn mond in bed te kruipen...

Beter dat Pierre niet met hem mee naar huis ging. In deze stemming zou Jeroen misschien met Pierre over dingen van vroeger willen praten: over appeltaart bakken en ritjes op de slee en een wollen vest dat naar kaneel rook. En over de áárdige jongens op de nétte school waar zijn moeder hem op had gezet... Met Pierre moest je uitkijken; iedereen wist dat hij behalve pizza's ook roddelpraatjes rondbracht.

Het druppelde nog na; uit de eik viel een straaltje water in zijn nek. Hij scheen vandaag niet droog te kunnen worden. Het was ook afgekoeld buiten. Jeroen rilde, maar gelukkig kwam de zon alweer tussen de wolken door.

Schichtig keek hij opzij naar de Tapperij. Onder het afdak heerste een ruzie-achtige stemming. Jeroen zag de lege bierblikjes overal en begreep waarom. Zijn vader was ook altijd zo knorrig als hij op zaterdagmiddag uit de voetbalkantine kwam. Dan haalde Jeroen gauw patat en kroketten om hem weer in een goed humeur te brengen.

Hij had niet aan thuis moeten denken. Want al was het

maar een klein eindje naar hun huisje, toch voelde hij zich precies zo als de laatste keer dat hij na een vechtpartij naar huis was gelopen. De keer dat het uit de hand gelopen was. De keer dat hij zeker wist dat hij nooit meer op school terug zou komen. Niet op deze school.

Hij zag het bloederige gezicht van Sebas weer voor zich, het oog dat dichtzat, de gescheurde neusvleugel, de dikke lip in de mond die nooit meer lachend zou zeggen: 'Ja hoor, Jeroen.'

En hij hoorde het schoolhoofd weer vragen met die zeurstem: 'Maar waarom dééd je dat nou, Jeroen?'

Nee, ze had het niet begrepen. Niemand had het begrepen, zelfs zijn vader niet. Terwijl die precies hetzelfde meemaakte. De moeder van Sebas en de moeders van de andere kinderen in de buurt behandelden zijn vader net zo. Ze noemden Jeroens vader bij zijn voornaam, maar ze vroegen hem nooit op hun verjaardag. Ze brachten hem koffie in de tuin, in plaats van hem binnen te vragen. Ze vroegen van alles over luizen en kunstmest, maar ze luisterden niet naar het antwoord. En als het over politiek ging, gaven ze hem altijd gelijk.

Ja hoor, tuinman.

Ja hoor, Jeroen. Lul maar raak, joh.

Hassan, de Kippenboer en Jeroens huisgenoot, kwam met een mandje eieren aanlopen.

'Er is bezoek. Hij wacht binnen. Neem die eieren even mee.'

Binnen was Liam. Hij zat aan tafel, hún tafel.

'Pierre zei dat ik je thuis kon vinden,' zei hij. 'Ik ben hier als Schout, Jeroen.'

Dus Pierre was meteen naar de Schout gelopen! – wat een achterbakse moshommel!

Liam praatte door, rustig, alsof hij het over het weer had.

'Stom man, die vechtpartij. Als het uit de hand loopt bij een arrestatie – nou ja, dat is erg genoeg. Maar dit was gewoon ordinair knokken. Drie jongens in elkaar geslagen!'

'Overdrijf niet zo,' bromde Jeroen.

'Ik heb geen keus,' zei Liam. 'Ik kan je niet handhaven als Koddebeier.'

Wat?!

'Ik zal je niet ontslaan, alleen schorsen. Er komt geen rechtszaak tegen je. Dat is alles wat ik voor je kon doen, de Parlevinkers zitten op mijn nek. Het spijt me.'

'Het spijt jou helemaal niet!'

Jeroen schopte tegen de tafel en draaide zich om. Hij liep naar buiten. Geschorst! Hij, de enige die zich verzette tegen die indringers! En nou moest hij het bezuren! Lafbekken, de Schout voorop! En die vieze vuile verrader van een Pierre was nog de allerergste!

'Wat is er?' vroeg Hassan.

'Die stinkers,' zei Jeroen. 'En Liam, en Pierre. Ik trap ze verrot. Ik trap ze allemaal verrot.'

'Eeh!' zei Hassan. 'Doe even normaal!'

'Ik meen het!'

Ze konden het krijgen zoals ze het hebben wilden: vanaf nu golden de Wetten niet meer voor hem. Woedend veegde hij de tranen uit zijn ogen. Genoeg gejankt.

Stemmen uit de berg

Het eerste wat hij moest doen, was Marnix vinden. Als Jeroen vertelde wat Liam en Wendel en de rest hem geflikt hadden, dan zou Marnix hem wel steunen. Ook Gerrit, dacht Jeroen, zou aan zijn kant staan. Van Jakko en Ruben wist hij het niet. Jakko was een Drakendoder, wat betekende dat hij een held was. Maar of hij tegen de Schout in zou durven gaan, was onzeker.

Dana wel. Dana was niet bang voor Liam. En ze vertrouwde op Jeroen. Hij werd warm als hij aan Dana dacht. Vanaf het begin was zij de enige geweest die erop rekende dat hij die indringers hun eiland af zou zetten.

Maar Liam en zijn Parlevinker-vriendjes werkten hem alleen maar tegen. En Pierre! Hem eerst aan het huilen maken en hem dan verklikken! Maar als Jeroen Pierre in elkaar zou beuken, kreeg hij heel Drakeneiland tegen zich. De Pizzabezorger was populair. (Altijd waren de verkeerde jongens populair. Zoals die spaghettisliert Sebas in zijn oude klas.)

In zijn eentje begon hij niets; nu de Schout tegen hem was, zou hij zéker ook alle Parlevinkers op zijn nek krijgen, Wendel voorop. En intussen zouden die stinkers gewoon hun gang kunnen gaan.

Hij wierp een snelle blik op de Tapperij, terwijl hij naar het fietsenhok op het plein liep. Allebei de stinkermeisjes zaten op een tafel, elk bezig met een doekje het gezicht van een gewonde jongen te deppen. Hij herkende Chip en Basil. Felix zat met een lap om zijn arm. Dus hij had echt drie jongens te grazen gehad. Hij kon zich alleen herinneren dat hij Chip en Felix te pakken nam.

75

Jeroen wenste even dat het nog gisteren was. Tot gisteren had hij het ontzettend naar zijn zin gehad op Drakeneiland. Al viel er soms niet genoeg te arresteren, hij werd toch vaak bij akkefietjes gehaald. De andere kinderen voelden zich veilig in zijn buurt, luisterden naar zijn oordeel, vertrouwden hem, leunden op hem zelfs.

En nu had een driftbui voor de tweede keer in zijn leven alles verpest. En tóch had hij gelijk. Die indringers hadden nergens respect voor. Ze verstoorden alles.

Achter de eik langs maakte hij zich uit de voeten. Hij sloop gebukt langs de bakkerij – hij wilde Renée nu even niet zien. Hij stapte pas op de fiets op het pad naar beneden. Eerst naar de Haven gaan en dan de Kustweg, dat ging sneller dan het hobbelpaadje door de Groene Heuvels.

Omlaag ging het keihard. Jonathan zat weer op het dak van het havenkantoortje, bezig met zijn reparatie alsof er geen stinkend duur zeiljacht tussen zijn armzalige bootjes lag. Nog zo'n lafbek!

Bij elke bocht verwachtte Jeroen Marnix en de anderen beneden op het strand te zien. Maar nee. Zand, meeuwen, wrakhout en de branding, verder niks.

Waar het pad afboog naar het noorden, in de richting van het Pijnbos, stopte hij. Wat nu? Bij het Meer van Glas was hij een paar uur eerder al geweest. Het beste zou zijn de fiets hier achter te laten en schuin omhoog te klimmen, tot aan het beekje en dan verder naar de Drakenkop, zoals de anderen hadden gedaan.

Hij klauterde omhoog tot hij recht boven de Roversbaai was. Maar hij zag niemand.

De zon stond links achter zijn rug. Het was dus al halverwege de middag. De Drakenkop torende links boven de andere pieken uit. Nu recht omhoog naar dat beekje.

Even later hoorde hij het ruisen. Een smal stroompje liep

wild tussen rotsachtige oevers door. Jeroen klom langs de bedding in de richting van de Drakenkop. Ergens moesten ze toch zijn?

Hoger en hoger kwam hij; soms was het onmogelijk om langs het beekje te blijven omdat het diep wegzonk tussen puntige rotsen. Maar hij zorgde dat hij het geklater bleef horen.

Op een wat vlakker stuk rustte hij even uit. Langzaam bedaarde zijn ademhaling. Toen hoorde hij opeens stemmen. Het leken er veel, tientallen wel. Jeroen schrok ontzettend. Nog meer indringers?

Toen merkte hij dat sommige stemmen zwakker waren dan andere – het waren echo's. En de sterkste stemmen kwamen hem meer en meer bekend voor. Was dat hese geluid Dana niet? En die donkere bas, dat kon Jakko wel eens zijn... Maar waar kwam het vandaan?

Hij klom door. Nee, nu was hij er verder vanaf. Hij ging weer een paar meter terug.

'Hé!' schreeuwde hij. 'Hé daar!'

Nu hoorde hij helemaal niks meer. Hij was toch niet gek! Hij had toch echt stemmen gehoord? Maar stemmen horen – dat wás juist gek. Hij was toch niet gek?

'Dana! Jakko! Marnix!' Hij schreeuwde zo hard, dat hij ervan moest hoesten.

En toen viel hij bijna van de berg. Want de stemmen klonken weer op, een wild gekrijs kwam van onder zijn voeten. Of zo leek het.

Jeroen deed een stap opzij. 'Waar zijn jullie?'

Weer geschreeuw. Hij liet zich tegen de helling vallen en keek onder struiken en stenen – belachelijk, dat wist hij zelf ook wel. Ze waren heus niet opeens kabouters geworden.

Toen ontdekte hij de spleet. Een donkere spleet met een grote steen ervoor. Daar kwam het geschreeuw vandaan.

Jeroen sprong op en duwde tegen de steen. Loodzwaar. Tenminste, voor één jongen van twaalf. Een paar stinkers van een jaar of zestien zouden hem zonder veel moeite kunnen verschuiven...

Hij moest rusten. Toen hij weer op adem was gekomen, drukte hij zijn gezicht in de hoek tussen de rotswand en de steen, en met zijn mond voor de spleet riep hij: 'Het gaat niet, ik krijg die steen niet aan de kant!'

De anderen gilden, allemaal door elkaar heen. Toen probeerden ze elkaar met schel gekakel de mond te snoeren. Ten slotte was het Dana die riep.

'Jeroen? Help ons!'

Jeroen haalde diep adem en schreeuwde uit alle macht: 'Ik kom! Ik kom eraan! Maar hoe?'

'Probeer het... andere kant!'

Jeroen keek verwilderd om zich heen. Was er nog ergens een uitgang? Maar waarom namen ze die dan niet?

'Waar dan?' Hij drukte een oor tegen de spleet.

'...Groene Grotten! Kom ons... Schacht! Snel... Dorst. Opgesloten!'

Verbijsterd staarde Jeroen naar beneden. De Groene Grotten? Maar die waren in de Roversbaai. Daar zat hij een uur klimmen vanaf! Hij kon de baai van hieraf niet eens zien, zoveel punten en pieken zaten ertussen.

'Zeg het nog eens?' Het kon gewoon niet waar zijn.

Maar toen Dana alleen de boodschap herhaalde, was er geen twijfel meer. Zij, Marnix en de anderen zaten opgesloten in de Groene Grotten, die vanaf de baai diep de berg in moesten lopen.

Hij moest weer helemaal terug.

Jeroens handen waren geschaafd en zijn enkels geraspt toen hij, sneller dan goed voor hem was, naar de Roversbaai was afgedaald (en stukjes omhoog geklommen; gek, hij had op de heenweg helemaal niet gemerkt dat het af en toe naar beneden ging). Hij hijgde en soms zag hij vlekken voor zijn ogen. Stommeling die hij was, hij had de hele dag nog geen hap gegeten. Gewoon niet aan gedacht.

Vanaf de plek waar hij die ochtend naar het jacht had liggen kijken, staarde hij naar de zee. Springen? De allerhoogste duikplank was tien meter, en dit leek zeker drie keer zo hoog. In de film deden ze het, maar dat waren stuntmannen, met speciale pakken aan. En misschien was dat gewoon getruukt. Jeroen was maar een gewone jongen in een spijkerpak; hij durfde niet. Had hij maar zo'n vliegscherm...

Maar klimmen ging ook niet. Alleen al toen hij naar beneden keek, gingen zijn knieën trillen. Want vanaf hier viel de rotswand bijna loodrecht in zee. Hier en daar groeide een sprietig struikje in een spleet, maar hij kon er niet op vertrouwen dat die iele groeisels zijn gewicht zouden houden. Zou hij nou echt terug naar boven moeten, terug naar zijn fiets, en dan langs een minder steile helling afdalen?

Toen viel zijn oog op een kleine rotspunt met een gat in het midden, als het oog van een naald. Veilig, was het woord dat door hem heen schoot. Veilig voor iemand die een touw had, van kunststof en onverwoestbaar, maar toch licht en dun. Iemand die kortgeleden zeemansknopen had leren maken...

Hij had de rol touw al uit zijn zak gehaald. Hm, het touw zag er toch maar griezelig dun uit. Zou dat hem wel houden? Maar hij had geen tijd om bang te worden. Hij haalde het ene eind door de lussen aan zijn broek en bond het andere eind aan de rots. Hij greep het touw stevig vast en ging achterover hangen; meteen gleed hij al een eindje. Maar hij zocht gauw weer houvast voor zijn voeten. Zijn handen gloeiden. Dit ging zo niet.

Jeroen ging zitten, peuterde het touw weer los en maakte er knopen in, op regelmatige afstanden van elkaar. Toen trok hij zijn bovenkleren uit en scheurde zijn T-shirt aan repen. Het ging moeilijk, hij moest er zijn tanden bij gebruiken, en echt nette repen werden het niet. Maar hij kon de stukken om zijn handen wikkelen en vastknopen. Hij liet het touw door zijn handen glijden. Ja, zo moest het maar gaan, hij zat tijd te verspillen hier.

Toen ging hij opnieuw. Van knoop naar knoop, zijn voeten tegen de wand, zijn ogen half dicht. Niet naar beneden kijken! De stof om zijn rechterhand begon losser te zitten en zijn toch al geschaafde handen gloeiden.

Toen raakte hij de rotswand kwijt; die week naar binnen en hij kon er niet meer bij. Zijn hele gewicht hing nu aan zijn schouders; hij was zwaarder dan hij had gedacht. Wat een geluk dat hij die knopen in het touw had gemaakt. Nu kon hij zijn voeten op zo'n knoop zetten. Anders was hij met een rotvaart naar beneden geroetsjt.

Jeroen wist niet hoe hoog hij nog was toen hij voelde dat hij de laatste knoop had bereikt. Hand over hand liet hij zich zakken tot hij aan het uiteinde hing. Nu moest hij loslaten. Nu. Nu!

Een, twee... drie.

Nu echt. Een, twee, drie!

Met ogen dicht dan.

Een, twee, drie.

Dus tellen hielp niet. Iets in hem weigerde los te laten. Hij was een lafbek.

Jeroen? Help ons! hoorde hij Dana's stem in zijn hoofd.

Toen liet hij los. En begon te vallen. Om de een of andere vreemde reden spartelde hij met zijn voeten. Wat duurde het lang... Hij deed zijn ogen open. En kreeg er zout water in toen zijn lichaam het oppervlak raakte. Zijn voeten eerst, daarna zijn billen. Het deed net zoveel pijn als beton. En toen zonk hij als een blok naar de diepte.

Jeroen zwom als een gek naar het licht, maar het duurde even voor de zwaartekracht hem losliet en hij weer begon te stijgen. Toen hij eindelijk aan de oppervlakte kwam, was hij zó buiten adem dat hij geen lucht hapte, maar zeewater.

Maar hij leefde nog. Hij hoestte zijn luchtpijp leeg. Voor hem lag de opening van de Groene grotten. Ergens daarbinnen moesten zijn vrienden zijn.

Hij begon te zwemmen.

Zes zalen was Jeroen door gezwommen, de volgende telkens groter en donkerder dan de vorige, het water telkens ietsje koeler. De eerste drie doorkruiste hij bij het steeds zwakker wordende daglicht, de volgende drie bij het licht van zijn zaklamp, dat een armzalig straaltje leek te geven in die holle ruimtes. De wanden glinsterden groen, met hier en daar wat blauw of ijswit. Af en toe klonk het gesiepel van een stroompje. Kristallen glinsterden op en verdwenen weer als het licht erlangs gleed. Het siepelende water had griezelige vormen achtergelaten.

In de vierde zaal hingen uitsteeksels die wel grijpende armen leken. Jeroen trok zijn hoofd tussen zijn schouders toen hij eronderdoor zwom.

'Ik ben niet bang,' mompelde hij van tijd tot tijd. 'Waarvoor zou ik bang moeten zijn?'

Tegen de tijd dat hij in de zesde grot was, had hij het gevoel dat hij alleen op de wereld was. De kou maakte zijn armen en benen langzaam. Hij zag geen uitgang. Ergens was hij verkeerd gegaan. Hij was verdwaald en voor altijd verloren en niemand zou zelfs maar zijn botten vinden...

En toen viel de lichtstraal op een bruggetje. Hij had gedacht dat er alleen een nis onder was, maar nee, hij kon

eronderdoor zwemmen. Daarachter was nog een grot, de
zevende zaal, heel hoog, en daar zaten ze.
   'Jeroen!'
   Alle wanden weerkaatsten zijn naam.

Het geheim van de Groene Grotten

Ze zaten hoog boven hem, in een holte in de rotswand, die was afgesloten door spijlen. Marnix, Dana en Jakko drukten hun gezicht tussen de tralies, daarachter zag Jeroen de gestalten van de andere drie.

Hoe kon dit? Hoe kwamen ze daar? Ze moesten van boven gekomen zijn. De spleet die hij boven op de berg had gezien, moest een deel van de toegang zijn.

En iemand had er die grote steen voor gerold. De stinkers, wie anders?

'Jeroen!' schreeuwde Dana. 'Ik wist het wel. Dank aan de Draak.'

'Wat is er gebeurd?' riep hij. 'Waarom gaan jullie niet naar boven?' Zijn kaken waren stijf van de kou en praten ging moeilijk.

'Ze hebben ons opgesloten,' riep Dana. 'De stinkers. We vielen ze aan, gewoon een beetje pesten. Toen duwden ze ons die grot in.'

Jeroen knikte. Zoiets had hij de hele tijd al gedacht.

'Oké,' zei hij. 'Dan is het nu oorlog!'

'Haal je ons hier eerst uit?' vroeg Dana.

'Hoe zijn jullie daar terecht gekomen?'

'We kregen dat rotsblok niet weg. We konden alleen maar omlaag. Maar hier kunnen we niet verder door die tralies.'

'Maar je klimt toch gewoon terug!' riep Jeroen.

'Gaat niet,' zei Jakko. 'We moesten springen. We zagen licht dus we dachten… Maar toen we verder gingen, bleven we hier steken.'

'Licht?' Jeroen knipte zijn zaklamp uit en keek om. Eerst

leek het pikkedonker. Maar na een tijdje gloorde er een heel klein beetje daglicht in de opening van de zevende zaal. Misschien leek dat veel als je in het binnenste van de berg in het pikkedonker zat. Hij deed zijn lamp weer aan en scheen op de getraliede nis in de hoogte.

'En als jullie op elkaars schouders gaan staan?'

'Hebben we geprobeerd.' Marnix' stem klonk ongeduldig. 'We hebben álles geprobeerd, Koddebeier. Maar we zitten echt opgesloten.'

'Als jij niet was gekomen, waren we verhongerd,' zei Dana.

'Ik verhonger nou al!' Dat was Hein, die pas tien was en zo te horen erg bang.

Oké. Dus ze verwachtten van hem een oplossing. Jeroen was gekomen. De Koddebeier was gekomen en nu kwam alles goed. Maar hoe?

Want Jeroen had zijn touw achtergelaten op een plek waar hij er niet bij kon. Om het te bereiken, zou hij een heel stuk moeten zwemmen en een heel eind klimmen. En dan hulp halen, want die steen kreeg hij niet alleen weg.

Uren zou dat duren. Dan zou het allang donker zijn. Zijn spieren zouden tegen die tijd dienst weigeren. Hij had de hele dag niets te eten gehad, misschien viel hij onderweg wel flauw. Misschien haalde hij het niet eens naar de uitgang van de grot, want zijn armen en benen waren stijf en onwillig. Zelfs watertrappen ging bijna niet meer.

Maar ze verwachtten van hem een oplossing. Hij moest er iets op verzinnen.

Om te beginnen zocht hij een plek waar hij op de kant kon klimmen. Hij vond een glibberig stukje rots waar hij kon uithijgen. Hij bestudeerde de rotswand onder de holte waar de kinderen zaten. Er moest iets van een trap zijn. Hoe hadden ze anders die spijlen daar kunnen maken?

Wie hadden dat eigenlijk gedaan? De zeerovers? Maar waarom?

Stukje voor stukje bescheen hij de rotswand met zijn zaklamp. Na een hele tijd turen zag hij dat je inderdaad tegen de wand op zou kunnen klimmen. Hij deed het in gedachten: ja, daar met je linkervoet op, en dan daar vasthouden, en dan een beetje draaien en je rechterbeen opzij en het op die knobbel neerzetten, en dan die punt vastgrijpen, linkervoet bijtrekken, en dan een stap omhoog, naar dat plateautje... Vroeger waren de mensen kleiner. Een kind van nu was ongeveer even groot als een rover van toen. Ja, het zou gaan...

Stap voor stap ging Jeroen met zijn ogen de klim na. Een deel van de tijd zou hij zich tegen de wand moeten drukken om niet te vallen. Hij was geen insect! En hij had geen klimschoenen, geen touw, geen zekering. Alleen zijn blote handen, die toch al geschaafd waren, en zijn van kou verstijfde voeten.

Maar stel dat het hem zou lukken – wat dan? Dan stond hij op de drempel van een nis, aan de andere kant van de tralies, en dan kon hij nog niks.

Dus hij moest eerst nadenken. Waarom waren die tralies daar? Wat betekende het dat ze daar waren?

Rovers die niet wilden dat anderen de zevende zaal van de Groene Grotten zouden vinden, hadden ook de toegang boven op de berghelling kunnen blokkeren.

Ja, maar dat viel op. Zo'n versperring zou iemand kunnen vinden. En zo iemand zou dan denken: hé, hier zijn mensen geweest – wat zou daar beneden zijn?

Dus de rovers wilden niet eens dat iemand zou weten dat er iets te verbergen viel. Niemand mocht zelfs weten dat ze in die zevende zaal geweest waren. Niemand mocht weten dat die zevende zaal bestónd.

Dus er was iets heel belangrijks hier. Iets dat koste wat het kostte verborgen moest blijven.

Het kon niet anders: de schat was hier. Verborgen in de zevende zaal.

In korte zinnen riep hij zijn conclusie naar boven.

'Wauw, Koddebeier!' riep Dana uit.

Jakko zei iets. Jeroen meende te verstaan: 'Ja, hou nou maar op met dat gekoddebeier!' Het gaf hem een warm gevoel. Zijn hele leven was hij jaloers geweest op anderen. Het was goed dat er eens iemand jaloers was op hém.

'Hebben jullie iets bijzonders gezien?' riep hij.

'Zonder licht zeker,' bromde Jakko.

'Gehoord dan? Gevoeld, geroken, weet ik veel.'

Het bleef even stil.

'Ik heb zwavel geroken,' zei Gerrit toen aarzelend. 'Een eindje terug, voor we hier naar beneden sprongen. Die lucht kwam uit een zijspleet. Er zal wel zwavel in het gesteente zitten. Of...?'

Of? Niks of. Die zwavellucht was onbelangrijk.

'Verder niks?'

Maar verder had niemand iets bijzonders opgemerkt.

Ruben drong langs Jakko heen en kneep met twee handen in de spijlen. Hij probeerde te rammelen, maar ze zaten muurvast.

'Verzin iets, Koddebeier!' Het klonk dringend.

Jeroen begon met zijn zaklamp in het rond te schijnen. Als de ingang boven zijn hoofd een gevaar voor de rovers had betekend, moest hun bergplaats van daaruit bereikbaar zijn. Dus zocht hij eerst op gelijke hoogte, en toen ietsje hoger.

'Daar! Een gang!' schreeuwde Ruben. 'Of niet?'

Jeroen liet de straal terugglijden, langzamer deze keer. Ja, daar zat een donker gat. Was het echt een gang? In ieder geval kon je er komen vanaf de holte waar de anderen zaten, want er liep vandaar een schuine richel naar toe. En toen hij daar beter op scheen, zag hij dat boven de richel op regelmatige afstanden ijzeren steunen in de rotswand staken. Beugels, om je aan vast te houden...

'Gevonden!' riep hij. 'Mannen, we hebben het geheim van de Groene Grotten ontdekt!'

'De schat!' riep Gerrit.

'Dukaten en dubloenen en Romeinen!' riep Hein.

'Romeinen,' proestte Dana. 'Je bedoelt robijnen, joh.'

Jeroen had zich al in het water laten zakken, zijn zaklamp in zijn mond, om naar het begin van de 'trap' te zwemmen. Even later stond hij druipend weer op een smal strookje rots.

Zonder naar de anderen te luisteren, zijn aandacht helemaal gericht op uitsteeksels en voetsteunen, begon hij langzaam te klimmen. Stijf en stroef waren zijn bewegingen, door het natte spijkergoed en door de kou, maar hij ging koppig door.

Hoe hoger hij kwam, hoe stiller de anderen werden. Jeroen wist dat hij niet achterom moest kijken, want hij zou vallen als hij dat deed. Maar dat was verschrikkelijk moeilijk.

De klim op zich viel mee. Elke keer als hij dacht dat hij geen nieuw steuntje zou vinden, stak er een ijzeren pin uit de rotswand. Dan kon hij weer verder. En het duurde niet eens zo lang voordat hij zijn ellebogen op de drempel van de nis kon leggen. Hij slingerde zijn been omhoog en trok zich aan de spijlen op.

'Hallo allemaal. Alles goed?' Hij grijnsde. Door de klim had hij het zelfs weer warm gekregen.

'Eh... nee,' zei Gerrit. 'Je bent natuurlijk een held en zo. Maar wij zitten nog steeds hier opgesloten.'

'Geduld.' Jeroen haalde zijn zakmes tevoorschijn. 'Hier. Er zit een vijl aan. Begin vast te vijlen, dan ga ik kijken wat ik in die geheime bergplaats vind.'

'Wat een sokkenbollen zijn we,' zei Dana. 'Daar hadden we eerder aan moeten denken. Ik heb ook een vijl aan mijn zakmes.'

'Maar dat duurt eeuwen!' mopperde Marnix.

'Weet jij iets beters?' vroeg Jeroen.

Ruben, Gerrit en Jakko bleken ook een vijl te hebben.

'Geef mijn mes dan maar weer terug,' zei Jeroen. 'Aan het werk jullie!'

'Ja Koddebeier,' zei Dana. Ze stak haar tong uit naar Jakko. Jakko trok een apengezicht terug.

Even later krijste het gerasp van vier vijlen door de ruimte. De echo's maakten dat het griezelig klonk. Jeroen bekeek de richel die hij over moest. Het was een heel smal randje, maar met de beugels om zich aan vast te houden, moest het wel gaan. Hij moest alleen uitkijken dat hij niet uitgleed, want met zijn natte schoenen op de zweterige bergwand was hij zijn leven niet zeker.

Even later schuifelde hij omhoog, zich vastklampend als een vlieg tegen de muur. Weer moest hij moeite doen om niet naar beneden te kijken. Hij had zijn zaklamp weer in zijn mond en als hij even naar zijn voeten keek, werd meteen de afgrond verlicht.

Van zo vlakbij zag hij dat het geen natuurlijke richel was. Het was een looppad dat expres was uitgehouwen. Dit pad leidde zonder twijfel naar de geheime bergplaats van de rovers.

Toen stond hij ineens voor de donkere opening. Het rook er sterk naar lucifers. Was dit de zwavelgeur die Gerrit bedoelde? Jeroen scheen naar binnen. Hij zag een deur van grofgezaagd eikenhout en ijzerbeslag. Een enorm sleutelgat in een ijzeren plaatje. Zware scharnieren. En op de grond…

Van schrik deed Jeroen een stap achteruit. Hij viel bijna van de richel en greep zich gauw vast aan de dichtstbijzijnde ijzeren handgreep. Toen hij weer in evenwicht was, liet hij zijn zaklamp nog eens schijnen op de vloer van groenige steen voor de deur.

Ja, het was een skelet. Het was helemaal compleet en zo te zien niet aangeraakt sinds zijn val. Ernaast lag een geweer dat je normaal alleen in een museum zag. Losjes in de botjes van de rechterhand rustte een grote ring met één sleutel eraan. Tussen de ribben lag een kogel op de grond, een ouderwetse ronde, loden kogel. Je kon bedenken dat die kogel eerst recht midden in zijn borst had gezeten.

Die man was neergeschoten. Wat was hier gebeurd? En hoe lang geleden? Driehonderd jaar? Vierhonderd?

Jeroen rilde. De man had hier gestaan, waar hij nu stond. Hij had op het punt gestaan de deur binnen te gaan. Wie was hij? De zeerover die de schat daarachter verborgen had? Of iemand die op zijn beurt de rovers wilde beroven?

Hoe dan ook was het hem niet gelukt. Ze hadden hem neergeschoten voor hij de deur kon openen. En ze hadden hem laten liggen – waarom? Omdat ze het niet de moeite waard vonden om het lichaam weg te halen? Of doordat ze zelf werden aangevallen, door de vrienden van deze man bijvoorbeeld?

Jeroen deed een stapje naar voren en voorzichtig, zonder de botten aan te raken, pakte hij de sleutel. Die was zwaar, maar wonderlijk genoeg niet roestig, omdat hij dik onder het vet zat, zwart, keihard opgedroogd vet.

'Jongens, ik ga naar binnen!' riep hij overmoedig.

Maar zo makkelijk ging dat niet. Toen Jeroen de sleutel in het slot stak, was er geen beweging in te krijgen. Sterker nog, de sleutel gleed niet eens ver genoeg het gat in.

Jeroen haalde hem er weer uit. Hoe kreeg hij die eeuwenoude laag smeer er nou af? Hij veegde met de sleutel langs zijn natte broek, ademde erop, maakte hem warm in zijn handen, probeerde het vet nog eens af te vegen... Ten slotte nam hij zijn zakmes en begon zwarte schilfers van het metaal te schrappen.

'Wat doe je allemaal? Jeroen!' riep Dana. Het klonk een beetje angstig.

'Vijlen jullie nou maar. Ik kom straks terug met de schat.'

Hij pakte zijn aansteker erbij. Toen hij die onder de sleutel hield, kwam er een stinkende walm af. Hij schraapte opnieuw met zijn zakmes. Stukje bij beetje kreeg hij de ergste smeerboel eraf.

Nog eens probeerde hij de sleutel. En nu paste hij wel. Alleen kreeg hij in het slot maar een klein beetje beweging. Hij wrikte en duwde, trok de sleutel er een stukje uit, probeerde houvast te krijgen, wrikte en duwde de sleutel terug... Draaide opnieuw. Het slot gaf een heel klein stukje mee. Had hij nou maar wat olie...

Jeroens handen waren gewoon niet sterk genoeg om het te winnen van dat taai geworden vet. Hij deed een stapje achteruit en blies op zijn gehavende handen. Daarbij trapte hij op iets dat knapte – hu! De ellepijp van het skelet lag in twee stukken.

Toen viel zijn oog op een ijzeren staaf die naast het skelet lag. Hij wist meteen wat het was: de laadstok die bij het geweer hoorde.

Dat was het! Jeroen raapte de staaf op en stak hem door de ring. Met de staaf als handvat in zijn twee handen draaide hij de ring langzaam om, en met de ring draaide de sleutel. Het knerpte, maar het ging. En toen zakte de deur opeens open, alsof iemand hem van binnen openduwde.

Jeroen gilde.

'Wat is er?' riep Marnix. Isser, isser, isser, riep de grot terug.

'Niks!' antwoordde Jeroen. X, X, X, weergalmde het.

Want één scharnier was doorgeroest en het zware eikenhout leunde vanzelf naar voren toen het slot open was gegaan.

De luciferlucht werd ineens heel sterk. Jeroen maakte de deur helemaal open en scheen naar binnen.

Ja. Hij had gelijk gehad. Dit was de bergplaats van de rovers. Langs de wanden van een kleine grot stonden kisten. IJzeren kisten, kisten van hout, bronzen kisten en kisten van leer.

'Ik heb de schat gevonden!' schreeuwde hij.

Het arsenaal

Op dat moment vond Jeroen het niet erg dat de anderen opgesloten zaten. Nu was hij met zijn ontdekking alleen. Vol ontzag liep hij van kist tot kist, raakte ze even aan, duwde ertegen om te voelen hoe zwaar ze waren. Loodzwaar. Nee; goudzwaar!

Her en der lag steengruis op de kisten, een paar waren er verdwenen onder een verzakking en het leer was hier en daar gebarsten. Maar de meeste kisten zaten niet onder stof of roest of spinnenwebben; het leek alsof er gisteren nog iemand hier was komen kijken.

Welke zou hij het eerst openmaken? Jeroen koos niet de grootste, die van hout was, maar een iets kleinere, van groen-bruin uitgeslagen brons. Dat was een kostbaar materiaal; hierin zaten vast de waardevolste schatten.

De kist zat niet op slot, maar ging ook niet meteen open. Jeroen moest wrikken met zijn zakmes voor hij openging. In de kist zat een buidel van leer. Trillend van spanning maakte Jeroen hem open.

En toen gaf hij een schreeuw van teleurstelling. De zak was gevuld met iets zwarts. Aarde of zo. Hij sprong op en opende de grote houten kist. Dat was al iets beter: hij was gevuld met ouderwetse pistolen van hout. Die waren vast veel geld waard.

Een kleine leren kist zat vol loden kogels in verschillende formaten. Een grote van ijzer bevatte laadstokken en lonten. De volgende zat boordevol geweren. Een mooi bewerkt bronzen kistje ging moeilijk open. Zouden hier dan eindelijk juwelen in zitten?

Maar toen het eindelijk openschoot, bleken er alleen holle koehoorns in te zitten. Wat had je daar nou aan?! In alle kisten zaten wapens of waardeloze spullen. Dit was geen schatkamer, het was een arsenaal.

De laatste kist was er weer een vol aarde – of wat het ook was. Er sloeg een scherpe zwavellucht af. Geen lucifers dus, maar dit spul. Wacht eens...

Jeroen woelde door het korrelige, grove poeder. Het glinsterde in het licht van zijn zaklamp. Opeens deed het hem denken aan die keer dat ze rotjes hadden opengemaakt... Natuurlijk!

Dit was buskruit!

Nu merkte hij dat hij al een tijdje geroepen werd. Hij holde naar de uitgang van de grot.

'Jeroen! Alles goed? Waar bleef je?' riep Dana, en Gerrit vroeg: 'Heb je de schat?'

'Nee. Er is helemaal geen schat. Alleen een zootje ouderwetse wapens. Kisten vol geweren en pistolen.'

'Mompes,' zei Dana. 'Die ga je toch niet gebruiken voor je oorlog, hè?'

Dat was een idee! Die Dana! Jeroen vergat zijn teleurstelling. Ja, met die pistolen konden ze de stinkers verjagen. Tenslotte waren er ook kogels en kruit bij.

Hij vertelde het aan de anderen. De jongens waren wél enthousiast. Meer dan enthousiast zelfs. Ze begonnen aan hun tralies te rammelen en schreeuwden van alles door elkaar heen.

Opeens klonk de stem van Ruben boven alles uit: 'Koppen dicht!' De anderen zwegen op slag, zelfs Marnix. Ruben riep naar Jeroen: 'Zei je dat er ook kruit was?'

'Ja. Van dat zwarte, weet je wel?'

'Zwart buskruit,' zei Ruben. 'Daar zou ik wel wat mee kunnen hier. Als ik het aan zou kunnen krijgen tenminste.'

'Geen probleem!' riep Jeroen. Hij tastte naar zijn borst-zakje. Ja, het kokertje met zijn aansteker zat nog veilig ach-ter de drukknoop. 'Ik heb een droge aansteker hier. Hoeveel kruit heb je nodig?'

'Neem maar zoveel mogelijk mee.'

Jeroen ging de geheime kamer weer in. Zijn zakken zaten vol, en bovendien waren ze nat. Kruit moest je droog hou-den. Hoe kon hij het nu mee krijgen?

Toen viel zijn blik op het kistje met hoorns. Ach ja, dat waren natuurlijk kruithoorns! En in die leren riemen die hij aan de kant had gegooid zaten gaatjes. In de kruithoorns trouwens ook.

En nou snapte hij opeens waar die rare haakjes voor dien-den. Hij kon een heel stel hoorns vullen met kruit en aan zo'n riem doen. De riem kon hij om zijn schouder hangen. Dan had hij zijn handen vrij, het kruit bleef droog en hij kon toch genoeg meenemen over die smalle richel. Slimme jon-gens, hoor, die zeerovers.

Niet veel later stond hij weer voor de grot waar de andere gevangen zaten. Op aanwijzing van Ruben legde hij een hoopje kruit bij elke ijzeren spijl. Een lont had hij ook mee-genomen, die liep onder de hoopjes door.

'En nu zo ver mogelijk naar achteren jullie.'

De anderen drukten zich tegen de achterwand van de holte. Jeroen klom gauw een stukje langs de richel omhoog. Zo was hij veilig voor de explosies en als er stukken rots naar beneden zouden vallen, kreeg hij ze tenminste niet op zijn kop.

Even later klonk het alsof ze al midden in een oorlog zaten. Nieuwjaar was er niks bij. Elke knal klonk als een donderslag en elke donderslag weerkaatste tegen de wan-den; de echo's leken wel tegen elkaar op te botsen. Stukken steen bolderden langs de helling naar beneden en plonsden in het water. Er leek geen eind te komen aan het lawaai.

Maar eindelijk werd het dan toch stil.

'Mompes!' zei Ruben. 'Dit had ik effe niet verwacht.'

'Leven jullie nog?' Jeroen daalde zo snel hij durfde af om te zien wat de ontploffingen hadden aangericht.

Het randje waarop hij net nog had gestaan, was bijna helemaal afgebrokkeld. Hein en Gerrit hadden brokstukken tegen zich aan gekregen en wreven pijnlijke plekken.

'We leven nog,' zei Dana. Haar gezicht zag zwart van het stof.

Maar de tralies stonden nog gewoon rechtop. Ze zaten aan de bovenkant nog muurvast in de berg.

'Verduizend!' vloekte Jeroen. 'Het heeft niets geholpen!'

Maar Marnix begon tegen de spijlen te duwen. Hij was groot en zwaar en hij gebruikte zijn hele gewicht.

'Aan de kant!' hijgde hij. 'Anders stort je naar beneden.'

Jeroen stapte haastig terug op de richel. Net op tijd, want een van de spijlen schoot tussen het puin aan de onderkant uit en boog door; Marnix viel bijna over de rand. Jeroen greep hem gauw beet.

Toen ze zagen dat het werkte, hielpen de anderen ook mee. De tralie waar Ruben aan had staan vijlen, was al bijna door en brak af zodra hij ertegen duwde. Even later waren ze vrij.

'Eindelijk,' zei Dana. 'Bedankt, Koddebeier.'

'Het is een heel eind zwemmen, hoor,' waarschuwde Jeroen. 'En de batterij van mijn zaklamp begint op te raken.'

De anderen vonden dat niks erg.

'Kunnen we meteen gaan eten als we buiten komen?' vroeg Dana. 'Desnoods eet ik rauwe mosselen.'

Terwijl de anderen begonnen af te dalen langs de weg die Jeroen eerder had genomen, hield hij Marnix even tegen.

'Hoor eens,' zei hij. 'Ik laat dat arsenaal daar niet zomaar

liggen. We moeten zo snel mogelijk terug, met de motorbo-
ten. En touwen en manden, dan laten we alles naar beneden
zakken. Vooral die pistolen. Help je mee?'

'En dan? Oorlog tegen de stinkers?' grijnsde Marnix.

Jeroen knikte. 'Oorlog tegen de stinkers.'

De zon ging al onder toen Jeroen met Marnix achter op de
fiets bij de Haven aankwam. Ze hadden de anderen achtergelaten bij een vuurtje tussen de rotsen bij de Roversbaai,
waar ze mosselen bakten op een aangespoeld filmblik.

Jeroen liet de fiets achter op de Kustweg en zwoegde met
Marnix door het mulle zand. Het bovenste laagje, nog voch-
tig van de regenbui, gleed van het droge zand af en het was
net of ze van een sneeuwhelling af glibberden.

'Hé!' riep Jonathan. Hij zat op zijn veranda. 'Zo, Aanklager, blij je weer heelhuids te zien. Met de anderen ook alles goed?'

De Vlootvoogd zat vissoep te eten. Jeroen en Marnix kregen ook een bord, met veel brood. Jonathan bleek nog niet te weten dat de Koddebeier was geschorst; hij was de hele middag in de Haven gebleven. Jeroen maakte hem niet wijzer.

De Vlootvoogd vond het meteen goed dat Jeroen en Marnix de motorboot leenden. Om 'de roversbuit op te halen,' zei Jeroen. Hij hóefde er toch niet bij te zeggen dat het geen dubloenen en juwelen waren, maar geweren en pistolen? Nu Jonathan wist dat de Schout en de Voorzitter geen geweld wilden gebruiken, zou hij niet aan een oorlog mee willen doen.

Later zouden ze allemaal wel anders piepen, dacht Jeroen. Als hij met Marnix, Jakko en Gerrit die indringers had verjaagd. Dan zouden ze hem zéker Drakendoder maken. Dan mocht hij op feesten ook met zo'n mooi gouden speldje rondlopen. Dan hoorde hij er echt bij, voorgoed.

'Sorry dat ik niet meega,' zei Jonathan. 'Maar ik moet dat jacht bewaken. Zodra die stinkers ervandoor gaan, vaar ik in de reddingboot mee, als escorte, tot ze een flink eind op zee zijn. Om zeker te weten dat ze niet ergens anders weer aan land komen.'

Hij gooide een paar graten en vissenkoppen in zee. Er doken meteen tien meeuwen op af.

Gelukkig, dacht Jeroen. Jonathan heeft het te druk om op ons te letten.

'Wie zegt dat ze vanzelf weggaan?' vroeg Jeroen. 'Ze hebben geen diesel meer.'

'Ze kunnen toch zeilen?'

'Dat stelletje luie donders? Volgens mij vinden ze het wel prima zo. Straks ontdekken ze ons magazijn en dan krijgen we ze helemaal niet meer weg!'

Jeroen kon thuis geen nieuwe batterijen gaan halen, maar in de reddingboot lagen een paar grote waterdichte zaklampen, zei Jonathan, en natuurlijk hadden ze de schijnwerper. Hij vond het goed dat ze een roeiboot achter de reddingboot bonden.

'Is er dan zó veel goud?'

Jeroen knikte gauw, en keek veelbetekenend naar Marnix. Gelukkig hield die zijn mond.

In de roeiboot, die normaal werd gebruikt om te vissen, lagen manden, netten en touwen, dus dat was meteen geregeld.

'Wel voorzichtig hoor,' zei Jonathan. Hij keek toch ongerust toe hoe Jeroen en Marnix alles klaarmaakten voor vertrek. 'Zonder die boten zijn we nergens!'

'Ja Vlootvoogd,' zei Jeroen. 'Als je Jakko en Gerrit en Ruben ziet op de Kustweg, zeg dan dat ze hier op ons wachten. Dan kunnen ze ons helpen aanv- sjouwen.'

Jonathan had zijn verspreking niet gemerkt.

'Ik zal ze meteen aanklampen als ik ze zie,' zei hij. 'Nou, veel succes met de strooptocht.'

Jeroen zette het gas open en ze voeren om de Pier heen, de schemerige zee op richting de vuurkleurige lucht.

Bij de Roversbaai rook het nog naar vuur en eten, maar Jakko en de rest waren vertrokken. Van de Kustweg waaide een flard over van het Drakenlied:

Hier zijn wij de hele zomer
eigen baas in eigen land...

Drink, drink de Drakendrank
Dans de Drakendans!

Zo te horen genoten ze van hun vrijheid. Jeroen was trots dat hij daarvoor gezorgd had. Hij hoopte dat ze verslag uit zouden brengen bij de Parlevinkers. Dana zou er wel voor zorgen dat de Koddebeier genoeg eer kreeg.

'Wat zit je te grijnzen?' vroeg Marnix.

'O, niks.'

De tweede grot was de laagste; daarna werd de zoldering steeds hoger. Ze deden de schijnwerper aan en die verlichtte de zalen tot bovenaan.

Nu hij Marnix bij zich had, vond Jeroen het helemaal niet meer eng in de Groene Grotten. Ze maakten spookgeluiden vanwege de echo's, maar daar moesten ze alleen maar om lachen. Jeroen vertelde over het skelet, maar dat vond Marnix juist spannend.

Ze kregen de boten met moeite onder de lage brug naar de zevende zaal door, maar het ging. Zodra ze naar boven geklommen waren, en achter elkaar over de richel waren geschuifeld, schopte Marnix de botten over de rand. Ze vielen tikkelend naar beneden en met zachte plonsjes in het water. Weg dode rover.

Jeroen liet Marnix de opslagkamer zien. Hij was nog meer onder de indruk dan Jeroen was geweest – Marnix hield van wapens.

Daarna klom Jeroen weer naar beneden, legde de boot onder de grot en maakte de manden aan het touw vast dat Marnix liet zakken. De eerste mand die naar beneden kwam wiebelde nog en er viel een pistool uit dat meteen zonk. Maar ze werden al gauw handiger en binnen een uur voeren ze de grot alweer uit.

De roeiboot lag diep in het water. De maan verlichtte de zee spookachtig. Onderweg oefende Jeroen met laden. Er was niks aan: kruit in de loop, aanstampen, kogel erbovenop, klaar. Schieten durfde hij niet; dat zouden de stinkers misschien horen.

99

Na een tijdje studeren dacht hij door te hebben hoe de pistolen werden afgevuurd. Het laden was wel een heel gedoe; het beste was om twee geladen pistolen te hebben, één in elke hand.

Jakko en Dana, Ruben, Hein en Gerrit wachtten op de Pier bij het havenkantoortje. Het moest later zijn dan Jeroen had gedacht; de Vissers waren al uitgevaren, want hun boten waren weg.

Ruben lag met zijn hoofd op Dana's schouder en keek slaperig op toen Jeroen en Marnix opgewonden aanlegden. Heintje lag opgekruld voor Jonathans deur. Maar toen Marnix een mand pistolen neerzette op de steiger en Jeroen er een kistje kogels naast zette, waren ze allemaal meteen klaar wakker.

Stijn was naar het magazijn gegaan om het tegen de stinkers te bewaken. Jonathan had het waken opgegeven; hij lag in bed.

Jeroen wees met zijn duim naar het jacht.

'Slapen de stinkers ook?'

'Niet daar. Ze zijn in het centrum gebleven.'

Raar, dacht Jeroen. Al die luxe aan boord en ze geven er niks om.

'Wat gaan we doen?' vroeg Dana. 'Wou je echt gaan schieten?'

Jeroen knikte.

'Sst,' zei hij. 'Niet zo hard. Laat Jonathan maar slapen.'

Dana dempte haar stem.

'Echte kogelwonden en echt bloed? Ik weet niet of...'

Nu deed ze als een gewoon meisje.

'Er zit toch niets anders op,' zei Jeroen. 'Luisteren doen ze niet, dus...'

'Natúúrlijk schieten we ze ons eiland af!' zei Marnix. 'Wat denken ze wel!'

'Maar als ze dan doodgaan?' vroeg Hein benauwd.

'Eh...' Jeroen wist geen antwoord. Ja, er moesten natuurlijk geen doden vallen.

'We schieten in de lucht,' zei hij. 'Alleen om ze bang te maken.'

Dana had een kogel gepakt en liet hem tussen haar vingers heen en weer rollen.

'Ik zou zo'n ding niet graag op mijn kop krijgen,' zei ze. 'Dan zit er tóch nog een gat in mijn hoofd! Ik weet niet, Koddebeier, maar wil je echt dat er bloed vloeit? Dik rood bloed? En overal darmen en hersenen over de vloer?'

Jeroen aarzelde. Nee, als ze het zó zei...

'Wat denken jullie van losse flodders?' vroeg Ruben opeens. 'We kunnen er toch ook alleen buskruit in doen? Dat geeft lekkere knallen. Dan slaan ze zó op de vlucht.'

'Goed idee,' zeiden Jeroen en Dana tegelijk. Ze keken elkaar aan. Dana zag er opgelucht uit.

'Maar als ze niet vluchten, toffelen we erop los, hoor,' zei Marnix. 'En misschien schiet ik er nog eentje in zijn voet als hij niet snel genoeg is. Ik steek in elk geval een paar kogels in mijn zak.'

Jeroen grinnikte. Hij dacht na. Als ze naar huis zouden gaan, met z'n allen door het dorp zouden lopen, zouden ze de stinkers misschien alarmeren. Het was beter stilletjes bij de Haven te blijven tot ze wat konden zien, en de stinkers dan in alle vroegte te besluipen.

'Zodra het licht wordt, vallen we aan,' zei hij. 'Ik wil eerst nog even een uurtje pitten. Schuif eens op, Ruben.'

De anderen vonden het prima om de aanval uit te stellen totdat ze wat konden zien. Even later lag Jeroen lekker warm tussen Ruben en Dana in op de steiger, tegen het havenkantoortje aan. Hij viel bijna meteen in slaap.

Jeroen was als eerste weer wakker. Het schemerde en het

was behoorlijk fris. Zachtjes, om Jonathan niet wakker te maken, porde hij de anderen. Hij nam hen mee naar het strand en liet de jongens zien hoe de pistolen werkten.

Na een tijdje werd Dana nieuwsgierig en probeerde het ook. Even later had ze twee geladen pistolen in haar korte broek gestoken en liep ze met cowboystappen over het strand.

Jeroen keek naar haar. Hij had zich vergist. Je kon Dana er toch prima bij hebben.

Hij stuurde Jakko als verkenner naar boven. Jakko was snel en fit; hij kwam al gauw terug naar beneden rennen.

'Ze slapen in het postkantoor,' zei hij. 'We kunnen ze makkelijk besluipen.'

Jeroen verzamelde zijn strijdmakkers bij het pad naar Akropolis. Ze moesten nu snel zijn, anders kwamen de Vissers terug en werd Jonathan wakker.

'Oké, mannen,' zei hij. 'We gaan eropaf. Niet op het pad, maar ernaast. Niet praten, niet stampen, niet giechelen. Achter de bakkerij wachten tot de achterhoede er is. En dan verspreiden. Jakko en Da... Jakko en Ruben linksom, jullie zoeken dekking achter het kantoor van de Tamtam. Dana en Hein en Gerrit rechtsom, achter de bakkerij langs. En Marnix en ik stormen van deze kant recht het plein over. We nemen ze te grazen!'

Ze slopen de helling op. Jeroen had twee met kruit geladen pistolen in zijn hand en nog twee in zijn riem. Hij genoot van het gevoel. Nu werd het eindelijk menens.

Iemand trok aan zijn mouw.

'Koddebeier.' Dana fluisterde. Jeroen hield zijn pas in. 'We gaan het toch wel redden, hè? We winnen dit toch wel?'

'Tuurlijk winnen wij,' zei Jeroen. 'Wij zijn toch de goeien.'

'We hebben zoveel te verliezen...' Dana begon zachtjes te zingen: 'Vrijheid, vriendschap, recht en vrede, heersen hier van kust tot kust…' Een stukje uit het Drakenlied.

'Morgenochtend is Drakeneiland weer van ons,' zei Jeroen.

'Beloofd?' vroeg Dana.

Beloven viel onder de Achtste Wet. Je mocht niet zomaar iets beloven.

'Beloofd.'

De goeien winnen altijd

Het plein lag stil en verlaten. De bladeren van de eik ritselden zachtjes. Op het terras van de Tapperij was het een enorme troep. Toen Jeroen en Marnix het fietsenhok voorbij waren, hoorden ze zachte snurkgeluiden uit het postkantoor komen.

En toen de stem van Chip. Hij klonk raar. Was hij dronken? Kwam hij naar buiten? Marnix en Jeroen grepen elkaar vast.

Maar het bleef verder stil.

'Hij praat in zijn slaap,' fluisterde Marnix.

Jeroen knikte. Dat moest het zijn. Zijn hart bonsde. Ook stom.

Nu moest iedereen wel op zijn plek zijn.

'Ten aanval!' riep Jeroen. Meteen vuurde hij. Maar er gebeurde niks. Geen knal, geen vuur, geen geur van verbrand kruit... alleen een knarsgeluidje. Hij probeerde het andere pistool.

Pokk! Jeroen schrok van de steekvlam. Het wapen sprong bijna zijn hand uit. Het was opeens warm en Jeroen liet het van schrik vallen.

Nu barstten er van alle kanten knallen los.

'Aanvallen!' hoorde hij Ruben roepen.

Even later kwamen de stinkers het plein op stormen. Allemaal, behalve de meiden.

'Nee hè!' riep Chip. 'De kabouters komen!'

'Schieten!' riep Jeroen.

Het klonk veel te pieperig. Maar de anderen kwamen van achter het postkantoor tevoorschijn en richtten hun pistolen dreigend op de stinkers.

'Vuur!' riep Jeroen.

Uit de loop van elk pistool spoot een vurig tongetje. Weer knalde het aan alle kanten. Jeroen vuurde nog twee keer.

De stinkers waren weggedoken. Even was het stil. Toen schreeuwde Basil: 'Dat zijn echte wapens! Pak ze voor ze weer kunnen laden!'

De stinkers renden brullend op de Drakeneilanders af. Basil had gelijk: Jeroen en de zijnen hadden hun kruit verschoten en konden zo gauw niet opnieuw laden. Waarom sloegen de stinkers niet op de vlucht?

Jeroen probeerde na te denken terwijl Basil op hem af kwam stormen. Maar toen had Basil hem al te pakken. Hij hing hem over een van de takken van de eik.

Jakko en Dana, zag hij, hadden elkaar toch gevonden en vochten zij aan zij. Ze hadden hun pistolen weggegooid en schopten en sloegen om zich heen.

'Hé!' riep Boksbal. 'Dat zijn die kinderen die we opgesloten hebben. Helemaal vergeten te bevrijden, schipper.'

'Oeps,' hijgde Alic al vechtend. 'Dat zouden we nog doen, hè? Foutje.'

Het leek wel of die stinkers met één hand op hun rug vochten. Terwijl Jeroen zich overeind werkte op de tak, zag hij dat Dana woedend werd. Ze gaf Alic een knietje en hij kronkelde over de grond. Hij kreunde, maar krabbelde toch overeind, nu echt woedend.

'Daar krijg je spijt van, kreng!'

Hij stormde op Dana af. Maar Chip, die lange sladood die te slap leek om een mug dood te slaan, pakte Dana in haar kraag. Ze spartelde wild.

'Waar wil je haar hebben?'

Alic greep in het wilde weg Jakko beet. Hij tilde hem op. Toen sloegen ze samen Dana en Jakko met de koppen tegen elkaar. Jeroen dacht het te horen kraken. Gelukkig, Jakko krabbelde weer op. Maar Dana bleef liggen, doodstil.

Jeroen sprong op de grond. Meteen kreeg hij een kaakslag.

Even droomde hij heel lekker. Zijn moeder was er opeens weer en ze had hem op schoot. Ze streek over zijn haar en zei: 'Nu niet meer van de aardbeien snoepen, hoor mannetje.'

Toen werd hij wakker en zag stampende voeten, maaiende benen en dansende bankjes om hem heen. Duizelig kwam hij overeind.

Hij rende naar Dana toe. Ze lag zo stil... véél te stil. Hij keek op. Chip stond op een afstandje op zijn lip te bijten.

'Moordenaar!' schreeuwde hij tegen de Zombie. 'Smerige moordenaar! Je hebt haar doodgemaakt!'

Alic hield op met vechten. Hij liet Ruben los en kwam naar de plek waar Dana lag. Even stond hij roerloos te kijken. Het werd doodstil. Toen zette Alic zijn handen aan zijn mond.

'Wegwezen! Gilda, Harriët, meekomen! We gaan aan boord.'

De meisjes kwamen uit het postkantoor tevoorschijn, hun armen vol spullen.

'Is dat kind dood?' vroeg Gilda. Voor het eerst zag ze er geschokt uit.

'Ik wil het niet weten!' Alics stem sloeg over. 'Kom nou!'

Achter Alic aan renden alle stinkers tussen de bakkerij en de eik door. Even later hoorde je alleen nog het geroffel van hun voeten op het pad naar beneden.

Jeroen keek rond. Gerrit lag over een stenen bankje heen en gaf over in het zand. Rubens voorhoofd lag open; bloed liep in zijn ogen. Heintje kwam huilend langslopen met een tand door zijn lip.

En Dana...

Jeroen dacht: de goeien horen sterker te zijn. De goeien winnen altijd. Wíj zijn toch de goeien?

Marnix kwam op Jeroen af. Zijn gezicht was vreemd opgezwollen; hij kneep in zijn neus, waar een straal bloed uit liep.

'Kom op,' zei hij. Het klonk vreemd met die dikke bovenlip. 'Erachteraan.'

Jeroen schudde zijn hoofd. Het had geen zin meer.

Opeens kwam Mo het plein op, met Liam en Jasmijn achter zich aan. Dus Mo was zo slim geweest hulp te halen.

Jasmijn rende van de ene gewonde naar de andere. Wendel werd uit bed gehaald. Ook andere kinderen, die terwijl het gevecht duurde niet uit hun huisjes hadden durven komen, liepen nu aarzelend het plein op.

'Wat is er gebeurd?' vroeg Ceder. Ze had een jongenspyjama aan. Er stond een pistool op. Jeroen kon er niet naar kijken.

'Oorlog,' zei Wendel. 'Jeroen tegen de stinkers. Jasmijn, hoe is het met de gewonden?'

Dat viel niet mee. Jeroen zelf was wel min of meer bekomen, hij was niet duizelig meer en over die paar blauwe plekken piepte hij niet. Maar Gerrit was misselijk en wist niet meer wat er gebeurd was; volgens Jasmijn had hij een flinke hersenschudding.

Ruben was een tand kwijt en zijn lip hing aan flarden. Marnix zag eruit alsof hij bramen had gegeten. Jakko kon bijna geen adem krijgen. Één van de stinkers had op zijn ribbenkast staan dansen.

Maar Dana was niet meer wakker geworden. Jeroen durfde niet naar haar te kijken.

Hij stuurde Mo om een paar olielampen te halen. Tegen Liam zei hij: 'Iemand moet bij de Haven gaan kijken of ze weg zijn. Kan Pierre dat niet doen?'

'Pierre is er niet,' zei Liam. 'Toen ik naar bed ging, wilde hij per se nog naar Stijn. En toen ik wakker werd, was hij alweer weg. Misschien is hij helemaal niet thuis geweest vannacht.'

Liam fronste, maar zó belangrijk vond Jeroen Pierre nu ook weer niet.

Hij gluurde uit zijn ooghoek naar de Tapperij. Ceder en Jasmijn hadden Dana op één van de tafeltjes gelegd.

Jasmijn zei tegen Ruben: 'Ik zal je zó hechten. Ik kan je niet verdoven. Maar anders krijg je net zo'n frommellip als ik.'

'Nee, laat maar,' zei Ruben. 'Dan maar net zo'n lip als jij. Dat valt trouwens best mee.'

Jasmijn glimlachte hem toe.

Nu keek iedereen naar Dana. Jeroen ook; hij werd er akelig van. Hij had nog nooit een dode gezien. Jakko had een deken gehaald en over Dana heen gelegd. Hij zat naast haar en hield haar hand vast. Met zijn mouw wreef hij boos langs zijn neus, waar snot uit liep.

'Ze is dood, hè?' Het kon Jeroen nu niet schelen dat er een snik in zijn stem zat.

'Nee!' riep Jakko.

Jasmijn wendde zich tot de Voorzitter, die er bleek en ontdaan bij stond en verwonderlijk stil was.

'Dana moet naar een ziekenhuis, Wendel.'

Er ontsnapte Jeroen een giechel. En nog een soort hik. Toen stamelde hij: 'Dus ze is niet dood?'

Jasmijn schudde haar hoofd.

'Nog niet. Maar dit gaat niet goed. Ze heeft héél snel hulp nodig.'

Jasmijn had rustig gesproken, maar er viel een kille stilte. De kinderen die het hadden gehoord keken elkaar niet aan. Ze staarden naar de doodstille gestalte op de tafel, alsof ze

haar met hun blikken konden dwingen haar ogen op te slaan.

Alleen Jeroen niet. Want het was zijn plan geweest, zíjn oorlog.

Waarom Dana? dacht Jeroen. Het leukste meisje van het eiland. Geen aanstelster, nooit vroeg ze aandacht. Geen pieper. Ze was er gewoon als je haar nodig had. Je kon op haar rekenen. Ze leek op hem, eigenlijk.

Natuurlijk was ze niet dood!

'Ze moet zo snel mogelijk het eiland af,' zei Jasmijn. 'Regel jij dat, Voorzitter?'

'Ze komt wel weer bij,' zei Jakko. Maar je kon horen dat hij er zelf aan twijfelde.

'Nee,' zei Jasmijn. 'Dit neem ik niet op me, Jakko. Ze moet weg.'

Dana weg! Hun Ezeldrijver, de Advocaat die al vaak kinderen een straf bespaard had, stoere Dana die toch zo lief kon zijn. Dana, de enige die helemaal op Jeroen had vertrouwd.

Beloofd?
Beloofd.

Ja, de stinkers waren gevlucht. Maar alleen omdat ze bang waren dat ze zelf iets heel ergs hadden gedaan.

'Dat wil Dana niet, hoor,' zei Jakko. 'Laat haar hier, dat zou ze zelf ook zeggen. Dana wil niet naar de wal. Laat haar hier, ze is een taaie.'

Jeroen keek weifelend naar de Genezer.

'Absoluut niet,' zei Jasmijn. 'Hoor eens, Wendel, ik ben de Genezer omdat ik de enige ben die iets van eerste hulp weet. En omdat mijn moeder dokter is. Ik zeg echt niet zomaar iets: Dana moet zo snel mogelijk naar een ziekenhuis. En hoe langer we hier blijven praten, hoe gevaarlijker het voor haar is.'

'Snel dan!' zei Jeroen. 'Dat gepraat.'

Wendel pakte een fiets uit het rek.

'Ik ga Stijn wakker maken. Hij moet naar de wal seinen dat ze de Snorrevrouw sturen. Koddebeier, hou jij de boel hier in de gaten.'

'Hij is geen Koddebeier meer,' zei Liam.

'Maakt niet uit,' zei Wendel. 'Jeroen, jij zorgt dat het hier rustig blijft, oké? En jij ook, Schout. Ik wil geen geruzie nu.'

Die Wendel! Jeroen kreeg opeens toch respect voor hem.

De Voorzitter ging ervandoor, langs de Tapperij het pad naar de Diepte op, richting magazijn. Een tijdje hoorden de kinderen op het plein nog het gerammel van zijn fiets, toen werd het stil.

Jakko maakte een gek geluid. Jeroen keek naar hem. Ja, nu huilde Jakko echt.

Dana!

Weer een kaping

Hester vroeg: 'Denk je dat ik hier een beetje kan opruimen, Jeroen? Komen die stinkers nog terug, wat denk je?'

'Ze durven niet,' zei Jeroen. Hij keek naar Dana. 'Ze zijn zich rotgeschrokken. Wat een schijterds.'

'Ja,' zei Hester, 'en ze konden niet eens een vuurtje aan krijgen.'

Daar moest Jeroen een beetje om lachen. Dat de stinkers geen vuur konden maken, was het minst erge, toch?

Opeens klonk er een zwak gebrul. Het kwam uit de richting van het strand. Wat was er gebeurd? Hadden de stinkers het soms aan de stok gekregen met Jonathan?

Er waren geen sterke kinderen meer die hem konden helpen. Jeroen stond er alleen voor. Hij pakte een fiets. Holderdebolder daalde hij af naar het strand.

Toen zag hij het. Op het jacht was het grootste zeil gehesen. Het jakkerde over de golven, richting horizon. Het werd snel kleiner. Op de Pier stonden een paar kinderen het schip na te kijken. Waarom juichten ze niet?

Jeroen holde struikelend door het zand. Hijgend bereikte hij de Pier. Hij herkende Jonathan, en Stijn. Maar de anderen waren geen Drakeneilanders. Daar stonden Alic, Basil, Chip, David, Eddy, Felix, Gilda en Harriët. Alle acht de stinkers.

Hoe kon dat? Wie was er dan aan boord van het jacht?

'Pierre,' zei Jonathan. 'Geen idee dat hij zo goed zeilen kon.'

Pierre?

Pierre?! Die niet kon zeilen doordat zijn moeder te arm

was – tenminste, dat had hij gezégd. Maar Pierre was zo onbetrouwbaar als de wind...

'Die kleine rotzak,' zei Gilda. 'Hij leek zo aardig.'

Alic stompte tegen het havenkantoortje. Jeroen leerde weer een hele reeks nieuwe Engelse vloeken.

Jeroen zag dat Liam kwam aanrennen over het strand. Ook hij keek verbijsterd naar het jacht dat steeds kleiner werd.

'Jammer voor jullie,' zei Jonathan. 'Als jullie je schip terug willen moeten jullie opkrassen, voorgoed.' Hij liet een vuurpijl zien. 'Lichtkogels. We kunnen het schip terugroepen. Als jullie ons een goede reden geven.' Hij keek dreigend.

Jeroen voegde eraan toe: 'Anders kunnen jullie je schip op de bodem van de zee ophalen.'

'Niet zo,' zei Liam. Hij hijgde nog. 'Pierre heeft ons deze kans geboden. Maak ze nou niet boos, dan verpest je alles.'

Jeroen deed net of hij niks gehoord had. Alic kwam vlak voor hem staan en greep hem bij de schouder.

'En hoe krijgen wij ons schip terug? Wie garandeert ons dat die idioot ooit nog terugkomt?'

'Ik,' zei Jeroen. 'Dit is Drakeneiland. Wij hebben onze eer.'

'Eer! Dieven hebben geen eer,' smaalde Alic.

'Jullie zijn zelf dieven!'

'Ja,' zei Stijn. 'En dat heb ik ook...'

Alic viel hem in de reden: 'Dat jacht is van onze ouders. Dat is heel wat anders.'

'Nou, daar dachten ze aan de wal anders...' begon Stijn. Jeroen liet hem niet uitpraten.

'Ik heb het over het eiland. Ons eiland! Stelletje-'

'Stil nou, Jeroen,' zei Liam. Tegen Alic ging hij door: 'We zullen hem terugroepen. Maar dan moeten jullie alle troep opruimen in ons dorp. En daarna weggaan en nooit meer terugkomen.'

Het bleef stil.

'Jullie hadden Dana bijna vermoord!' brieste Jeroen.

Plotseling besefte hij dat Stijn naast hem stond. Stijn, die de Snorrevrouw moest oproepen over de radio. Voor Dana, die in gevaar was.

Van de kant van de Diepte, over de Kustweg, kwam juist op dat moment een jongen aanfietsen. Aan zijn figuur te zien was het Wendel.

'Wij hebben niemand vermoord,' zei Alic, maar hij keek angstig opzij naar zijn zus. Gilda sloeg haar ogen neer.

'Stijn!' Wendel kwam aanrennen door het mulle zand. Rennen was duidelijk niet zijn sterkste punt. 'Snel! Je moet de wal oproepen. De Snorrevrouw moet meteen komen.'

'Maar dat heb ik al gedaan,' zei Stijn. 'Ze is al onderweg. Ik heb gezegd...'

'O gelukkig.' Wendel keek verbaasd naar het rijtje stinkers op de Pier. 'Wat is er...' Hij volgde hun blik. 'O! Dat schip.'

'Pierre heeft het jacht gekaapt,' zei Jonathan trots.

'O!'

'Beloof dat jullie ons met rust laten,' zei Liam tegen Alic.

Die leek niet onder de indruk.

'Of anders?' vroeg Chip met opgetrokken wenkbrauwen.

Jeroen had er genoeg van. Dat geprraat! Zijn oog viel op een kistje in een van de roeiboten. Het buskruit! Hij sprong van de steiger. De boot wiebelde, maar Jeroen maakte hem gauw los en greep de roeiriemen.

Toen hij ver genoeg van de Pier weg was, stond hij op en tilde de kist op. Hij maakte het deksel open.

'Zien jullie dit?'

'Houtskool?' vroeg Basil.

'Oei, wat ben ik bang,' zei Chip. 'Ik schijt in mijn broek, man.'

Jeroen pakte een lont, stak hem aan en legde hem in het kistje. Toen sprong hij overboord en begon terug te zwemmen.

'Ben je gek geworden!' krijste Jonathan. 'Mijn roeiboot!'

De knal was enorm. Een dreun, die Jeroens trommelvliezen beukte en de golven opzweepte. Schuim en spetters en een waaier van water daalden op hem neer, en toen stukken hout. Jeroen moest even onder water duiken om ze niet op zijn kop te krijgen.

'Mijn boot, mijn boot!' jammerde Jonathan.

Meeuwen krijsten en vlogen boven de wrakstukken. Jeroen hees zich het trapje op.

'Zie je het nou?' vroeg hij aan Alic. 'Mijn vriend daar...'
Hij wees naar het jacht in de verte. '...heeft het andere kistje
kruit aan boord van jullie schip. Dus kies maar.'

Alic duwde de anderen aan de kant en stormde naar
voren. Zijn mond was vertrokken in een apengrijns. Hij
legde twee handen om Jeroens nek en schudde.

Jeroen kreeg geen adem; hij probeerde te schreeuwen,
maar er kwam alleen gegorgel uit zijn keel.

'Hou op!' riep Gilda. 'Wil je hem ook nog vermoorden?'

Wendel stapte tussen Jeroen en Alic in en duwde de grote
jongen weg.

'We moeten praten,' zei hij.

'Ja,' zei Stijn. 'Als iemand nou eens naar mij luistert...'

'Wat dan?' vroeg Jonathan.

Stijn ging in het Engels door: 'Ik heb vannacht de wal
gewaarschuwd. Ik heb gezegd dat er een gekaapt jacht bij
ons in de Haven ligt. Ze zijn onderweg hiernaartoe. Ze kunnen er elk moment zijn.'

Van het ene moment op het andere zagen de stinkers
eruit als bange katten. Ze leken in elkaar te duiken, en hun
ogen zochten een uitweg. Boksbal liep de steiger af, draaide
op het strand een rondje om zichzelf heen en kwam weer
tussen de anderen staan.

Felix maakte zijn staartje opnieuw, veegde zijn handen af
aan zijn broek, keek om zich heen. Zombie, zijn schouders
hoog opgetrokken, leek een halve meter kleiner. Gilda was
gaan zitten, haar armen om haar knieën, haar halve gezicht
erachter verscholen.

Ja, dacht Jeroen, zo zien dieven eruit als ze betrapt zijn.

Hij begon te grijnzen.

'Wat een goed idee, man!' zei hij tegen Stijn. 'Je hebt ze te
pakken!'

'Het idee was eigenlijk van Pierre,' zei Stijn. 'Hij kwam

me midden in de nacht wakker maken. Ik dacht dat hij hier was, maar...' Hij wees naar de horizon. 'Dat was een veel beter idee. Nu kunnen ze geen kant op.'

De Drakeneilanders lachten elkaar toe. Nee, de stinkers konden geen kant meer op.

Afscheid van Dana

'Wat willen jullie?' vroeg de Vlootvoogd. 'Nog meer vechten? Of chocolademelk?'

De stinkers keken elkaar aan.

'Chocolademelk graag,' zei Alic toen.

De Drakeneilanders keken elkaar ook aan. Zelfs Liam grijnsde. Ze hadden dus tóch gewonnen.

Ze gingen het havenkantoortje in. De Vlootvoogd had iedereen binnen uitgenodigd. Ze zaten om Jonathans kaartentafel. De zon was nu op en het werd langzaam warm.

Er waren niet genoeg bekers. De Voorzitter, de Schout en de voormalige Koddebeier van Drakeneiland kregen eerst. Daarna pas mochten de indringers drinken. Maar Jeroen merkte dat hij niet echt boos meer was. Met hun ouders op komst leken de stinkers gewoon bange pubers.

Wendel legde hun uit wat Drakeneiland was. Dat ze hier allemaal zaten omdat ze zich misdragen hadden.

'Een jacht stelen zou een goede reden zijn om naar Drakeneiland te worden gestuurd,' zei Wendel met een blik op Jonathan. Die ging rechtop zitten.

'Dat heb ik gedaan,' zei hij. 'Nou ja, niet zo'n groot jacht. Gewoon een motorbootje. Een eh… politieboot, dat wel.'

Alic keek hem aan met respect.

'Goh!' zei hij. 'En dit hier is dus jullie straf. Een heel eiland voor jullie alleen – ik kan ergere straffen bedenken.'

'Maar jullie zijn te oud,' zei Jeroen snel.

Alic keek hem aan.

'Nou snap ik waarom jij elke keer begon te vechten. Dit is een straf om zuinig op te zijn.'

'Hoe is het met dat meisje?' vroeg Gilda.

'Slecht,' zei Wendel. 'Ze moet naar een ziekenhuis.'

De stinkers moesten plotseling allemaal in hun chocolademelk blazen.

'Maar ze wordt toch wel beter?' vroeg Eddy met een dun stemmetje. Hij zag er niet meer uit als een boksbal. Eerder als een leeggelopen ballon.

Niemand gaf antwoord. Niemand wist of Dana nog wel wakker zou worden.

Jonathan ging buiten kijken of er al een boot aankwam. Hij wenkte Jeroen, die mee liep naar het eind van de steiger.

'Dat je mijn roeiboot hebt laten ontploffen, vergeef ik je niet,' zei Jonathan. 'Ik dien een klacht tegen je in. Het was volkomen onnodig.'

'Dat kon ik niet weten!'

'Als je Stijn had laten uitpraten wel. Jij met je oorlog altijd.'

Jeroen zweeg ongelukkig. Hij had het toch goed bedoeld?

Toen zagen ze een zwarte stip tussen de blikkerende golven verschijnen.

'De Snorrevrouw,' riep Jonathan. 'Ga Dana halen!'

Wendel en Liam kwamen naar buiten. Liam, die harder kon rennen, draafde over het strand naar boven.

Jeroen bleef staan uitkijken. Het stipje aan de horizon werd een streepje. Geen zeilen. Het was echt de Snorrevrouw die daar aan kwam.

Nu gaat Dana weg, dacht Jeroen. Het hele centrum is één grote puinhoop, een heleboel kinderen zijn gewond en Dana wordt misschien nooit meer beter.

Hij draaide zich om en slofte terug over de Pier. Plukje bij plukje kwamen er kinderen het strand op. Ze stonden op het strand naar het naderende schip te kijken.

De opkomende zon kleurde het strand goud. *Eiland met je*

groene heuvels, heuvels aan het gouden strand... Hier zijn wij de hele zomer eigen baas in eigen land... Het klonk zo mooi als ze dat met z'n allen zongen. Het klonk zelfs wáár.

Maar met oorlog had niemand rekening gehouden. Zelfs als het voorbij was, was het nog niet voorbij.

Om de bocht in het pad naar Akropolis kwam een kleine stoet. Voorop Jakko, zijn armen naar achteren gestrekt. Hij trok het karretje, waarop onder een deken een gestalte lag. De Genezer liep ernaast. Achter Jasmijn liepen Myrna en Renée.

Ik had in Jakko's plaats dat karretje moeten trekken, dacht Jeroen. Het is mijn schuld...

Piepend kwam het karretje door het mulle zand dichterbij.

Jeroen liep ernaartoe. Hij hielp Myrna en Renée met duwen. De kinderen weken uiteen om ze door te laten.

'Slaapt ze?' vroeg een klein kind.

'Ze is bewusteloos,' antwoordde iemand anders.

'In coma volgens mij.'

'Hersendood, denk ik.'

Hou je kop! wilde Jeroen schreeuwen. Maar hij zweeg. Dana, de roeiboot, een klacht tegen hem... Het was al erg genoeg.

Zijn ogen liepen vol en hij zag wazig. Maar hij hoorde de motor van de Snorrevrouw nu duidelijk. En de bonk waarmee het karretje tot stilstand kwam tegen de steiger.

'Kijk uit nou,' zei Jasmijn.

Hij hoorde de deur van het kantoortje opengaan.

'Tijd om Pierre op te roepen.' Het was Wendel. Even later ging er sissend een lichtkogel de lucht in.

'Niet huilen, Koddebeier,' zei Wendel. 'Het komt wel goed.'

'Ik huil niet.' Jeroen veegde woedend zijn ogen droog.

Het schip van de Snorrevrouw legde aan en de motor viel pruttelend stil. Er waren nog meer volwassenen aan boord.

'Wat is dat? Een gewonde? Hoe komt dat?' vroeg de Snorrevrouw.

De Drakeneilanders gaven geen antwoord.

Alic en zijn vrienden lieten zich niet zien, die zaten zich muisstil te houden in het havenkantoortje.

De Tweede Wet van Drakeneiland verbood het iemand iets aan te doen wat je zelf ook niet zou willen. Verraad was zoiets. Ook al waren de stinkers indringers, toch hielden de Drakeneilanders zich nu aan die wet. Klikken deden ze niet.

'Kan het snel?' vroeg Jasmijn na een stilte. 'Het is heel erg met haar.'

De kinderen op het strand zwegen toen Dana op het karretje werd overgeheveld op de brancard aan boord van het schip. De Snorrevrouw keek kwaad toe.

Jakko en Jasmijn droegen Dana de kajuit binnen. Er liepen tranen over Jakko's wangen toen hij weer op de steiger stapte. Hij liep met snelle stappen tussen de andere kinderen door. Op het pad naar Akropolis begon hij te rennen.

'Wordt ze gauw beter?' vroeg Jasmijn aan de Snorrevrouw. Dat Jasmijn dat vroeg, die hun Genezer was, vond Jeroen nog het allerergste.

Op dat moment stapte een van de andere volwassenen naar voren.

'Wat is er met mijn jacht gebeurd? En mijn zoon?' vroeg hij. 'Waar is Alic?'

Niemand zei iets, maar Wendel keek naar het havenkantoortje, en toen sprong de man de Pier op en gooide de deur open. Hij verdween naar binnen.

Nog geen twee tellen later werd Alic naar buiten gesmeten, en daarna Gilda. Zij viel op haar knieën op de planken van de steiger. Chip leek een trap onder zijn kont te krijgen;

hij struikelde over zijn eigen benen en viel over Gilda heen. Schaapachtig krabbelde hij overeind, één en al armen en benen.

Eddy en Felix kwamen elk aan een kant van de man naar buiten, vastgehouden aan een oor en met vertrokken gezichten. Harriët volgde met neergeslagen blik, en David, kwetsbaar omdat hij alleen een short droeg, leek zich onzichtbaar te willen maken.

Waren dit de stinkers waarvoor ze zo bang waren geweest? Ze stonden met neergeslagen blikken, David blozend tot in zijn nek, voor de boze vader.

De vrouw die nog op het schip stond, misschien Alics moeder, barstte in schelden uit. De vader deed er nog een schepje bovenop.

'Onverantwoordelijk! Stelletje hooligans! Waar is mijn schip?'

Hij keek nu ook Wendel en Jonathan aan. Maar die zwegen. Die stinkers mochten het mooi zelf opknappen. Ze hadden voor genoeg ellende gezorgd.

De Snorrevrouw liet haar motor loeien. De vader begreep de hint.

'Jullie!' snauwde hij. 'Basil, Chip, Eddy, David, Harriët. Jullie varen met haar mee terug. Alic en Gilda wachten hier met mij.'

De vrienden van Alic slopen naar de boot van de Snorrevrouw en klommen aan boord. Jeroen merkte dat ze helemaal niet zo veel groter waren dan hij. Zelfs Chip leek niet meer zo lang. Nu ze geen praatjes meer hadden, waren het gewoon kinderen.

De Snorrevrouw wees hun zwijgend een plaats aan. Ze gingen zitten en keken naar hun voeten.

Toen gaf de Snorrevrouw gas en zonder afscheid te nemen ronkte ze ervandoor.

'Dag Dana,' zei Wendel schor. 'Het ga je goed.'

'Wie was dat meisje?' vroeg de vader van Alic. 'Wat is er met haar?'

Toen deed Alic iets wat Jeroen niet van hem had verwacht. Hij zei: 'Een dapper kind. Ze probeerde ons weg te jagen. Toen heb ik haar... We hebben gevochten en... Het is mijn schuld.'

Was dat zo? vroeg Jeroen zich af. Het was toch Chip die Dana met haar kop tegen die van Jakko had geslagen? Dat Alic de schuld op zich nam, viel Jeroen eigenlijk mee.

Alics vader barstte niet in schelden en tieren uit. Hij keek naar zijn zoon en schudde zijn hoofd. Zijn ogen stonden alsof hij heel erge hoofdpijn had.

Na een tijdje zei hij zacht: 'Nou ja. Je bent tenminste

mans genoeg om het toe te geven.' Hij wendde zijn blik af en keek uit over zee.

Jeroen kon zien dat Alic liever straf had gehad.

Toen hij zelf ook naar de zee keek, zag hij het jacht aankomen. Met het grootste zeil gehesen en de wind mee kwam het snel dichterbij.

'Pierre!' riep hij.

De kinderen op het strand namen het over.

'Pierre! Pierre! Pierre!'

Het klonk als het gejuich in een voetbalstadion.

Een nieuwe Drakendoder

De stinkers waren weg. De vader van Alic had Wendel en Jonathan de hand gedrukt en zijn kinderen aan boord gesmeten. Pierre had hij genegeerd. Alic en Gilda moesten het zeil strijken. Hun vader bleek eerder al met hulp van de Snorrevrouw de tank te hebben bijgevuld. Op de motor waren ze de Haven uit gevaren.

De Drakeneilanders waren aan het werk gegaan. Vrolijk, omdat de stinkers waren vertrokken. Verdrietig om Dana.

Niemand had het hem gevraagd, maar Jeroen had Hester helpen opruimen, en daarna had hij Myrna spijkers aangegeven terwijl ze het afdak van de Tapperij herstelde. Voor Mo, die de baas was van het postkantoor, had hij bierblikjes platgeslagen en de vloer geveegd.

Daarna had hij de batterijen verwijderd uit alle spullen die de stinkers hadden laten liggen. De spullen had hij bij de Schout ingeleverd en de batterijen had hij naar het magazijn gebracht.

Hij zat even uit te rusten aan een tafeltje bij de Tapperij toen Hester hem ongevraagd een glas limonade bracht.

'Van het huis,' zei ze. 'Je hebt zo hard gewerkt. Heb je geen honger?'

Hij had in geen eeuwigheid gegeten. Maar hij zou niks naar binnen kunnen krijgen.

'Mijn maag doet pijn,' zei hij. 'Van het krimpen, denk ik.'

Hester lachte en liep weg.

Wendel liep over het plein, druk pratend met Liam. Toen ze Jeroen zagen zitten, kwamen ze naar hem toe.

'Zo, Koddebeier,' zei Wendel. Alsof er nooit iets gebeurd was. Alsof er geen oorlog was geweest.

'Ik ben geen Koddebeier meer,' zei Jeroen.

'Jawel hoor. Hè Liam? We hebben geen betere.'

'O,' zei Jeroen. Hij dacht aan Dana. Hij had haar beloofd dat het goed zou komen. Nou kwam het voor iedereen goed, behalve voor haar.

'Is er al bericht van Dana?' vroeg hij.

'Als zij het niet overleeft, is het afgelopen met Drakeneiland, denk ik,' zei Liam somber. 'Het was nooit de bedoeling dat er doden vielen.'

Jeroen sprong op en greep Liam bij zijn befje. 'Wat een rotopmerking! Alsof Dana alleen maar beter moet worden om Drakeneiland te redden!'

'Sorry,' zei Liam. 'Zo bedoel ik het niet.'

Jeroen ging weer zitten en dronk een paar slokken limonade om kalm te worden. Vechten was makkelijker.

Mo kwam het postkantoor uit en klom in de eik.

'Roep ze maar bij elkaar, Mo,' riep Wendel. 'We hebben een plechtigheid.'

Een plechtigheid? Jeroen keek hem vragend aan, maar Wendel keek niet terug.

Mo luidde de klok in het ritme dat iedereen naar het centrum riep.

Het drong nu pas tot Jeroen door dat Liam zijn toga droeg en Wendel het gouden voorzittershamertje op zijn shirt had gespeld. Een plechtigheid...

Jeroen kende maar drie soorten plechtigheden. Eén: het verwelkomen van nieuwe kinderen. Twee: het afscheid van kinderen die met de Snorrevrouw mee moesten. Drie: de benoeming van een Drakendoder.

Het plein stroomde vol. De kinderen waren zenuwachtig, angstig bijna. Jeroen hoorde Ceder aan Hester vragen: 'Er is toch geen slecht nieuws?'

'Zou er iets met Dana zijn?' vroeg Hein aan Jakko.

'Rustig,' zei Wendel. 'We weten nog niet hoe het met Dana is. We krijgen een nieuwe Drakendoder, dat is alles.'

Een Drakendoder? Wie dan?

'Pierre!' riepen een paar kinderen uit.

Jeroens wangen werden warm. Natuurlijk, Pierre. Pierre de kaper, Pierre de held.

Wendel zei: 'Mark, Jakko, loop naar de Holte en haal Pierre op. Er is geen muziek, dat kan niet nu met Dana, maar Stan wacht daar met de grote trom.'

In de verte begon de trom te slaan. Hij gaf een marstempo aan, met af en toe een roffel. Dichter- en dichterbij kwam het geluid. Na een tijdje hoorden ze Pierres schelle stem erdoorheen. In de kring begon iemand zachtjes te zingen; Jeroen zag dat het Renée was.

'Eiland met je groene heuvels, heuvels aan het gouden strand...'

Anderen vielen in. Ze zongen gedempt, niet zo uitbundig als anders. Maar tegen de tijd dat Pierre achter de Muzikant met de trom aan het plein op marcheerde, zong iedereen mee. Behalve Jeroen. Hij zong niet voor Pierre, die verklikker.

De Pizzabezorger liep langs. Hij knipoogde en zei: 'Dat was een goed idee van je, man! En het heeft gewerkt, hè?'

Jeroen probeerde zijn ogen te lezen. Wat bedoelde hij nou? Nam Pierre hem op de hak?

De Pizzabezorger en aanstaande Drakendoder was hem alweer voorbij. Maar Jeroen hoorde hem tegen Wendel zeggen: 'Het was Jeroens idee. Zij ons eiland, wij hun schip.'

Opeens herinnerde Jeroen het zich. Hij had het niet zo letterlijk bedoeld. Maar zonder hem zou Pierre niet op het idee zijn gekomen.

Toen deed Jeroen zijn mond open en zong met de anderen mee: 'Vrijheid, vriendschap, recht en vrede heersen hier van kust tot kust. En de Draak? Die waakt!'

Pierre hield zijn erespeld, een gouden draakje met een speertje door het hart, de hele dag op. De zon sloeg er vonken uit, iedere keer als hij voorbijraasde met een bestelling pizza's.

Jeroen moest er steeds naar kijken. Hij gunde het Pierre. Die kaping was echt de heldendaad van een Drakendoder. Maar moest hij er zo mee opscheppen?

Toen Pierre die namiddag slippend remde bij de bakkerij, terug van een bestelling in de Diepte, was Jeroen net op weg naar huis. Maar Pierre was zó buiten adem, en hij gilde zó hard: 'Mo! Luid de klok!' dat Jeroen bleef staan.

'Wat is er?' vroeg Wouter. De Nieuwsjager kwam aanrennen met zijn opschrijfboekje in zijn hand.

'Bericht van de wal!' riep Pierre. 'Toe dan Mo, luid die klok, man!'

Maar Mo aarzelde; Wendel was degene die hem die opdracht moest geven.

'Doe maar,' zei Jeroen. 'Moet hij maar opschieten, die slome.'

Op het gegalm van de klok kwam de Voorzitter zelf aan-rennen.

'Wat is er?' riep ook hij.

Pierre kneep hem in zijn arm.

'Ik kom net van Stijn. Bericht van de wal! Harder, Mo! Iedereen moet dit horen!' Van spanning trok Pierre rare gri-massen.

Jeroen werd heel koud vanbinnen. Koud en kalm. Maar deze keer voelde hij niet de drang iemand tot moes te slaan. Dat had toch geen zin.

Voor de tweede keer die dag stroomde het plein vol. Pierre stond met Wendel te fluisteren, maar Jeroen kon Wendels gezicht niet zien. Het maakte niet uit.

Slecht nieuws, zei hij in zichzelf. Bereid je voor op slecht nieuws.

Eindelijk kwam Luilebal het plein op sloffen, de dikke Beeldhouwer die altijd de laatste was.

'En?' vroeg hij buiten adem. 'Gratis oliebollen?'

'Nee!' Wendel schreeuwde het uit. 'Het is Dana! Dana is wakker!'

Dana wakker?!

Jeroen kon niet met de anderen meejuichen. Juichen was niet genoeg. Hij keek naar Jakko. De Geitenhoeder juichte ook niet. Hij stond op zijn handen te bijten. Zijn ogen glommen nattig.

Dana wakker.

Jeroen knikte en draaide zich om. Naar huis. Zijn maag was opeens opgehouden met krimpen. Hij had een beestachtige honger en Hassan had hem een omelet beloofd.

Doe mee!

Wil je ook het Drakenlied leren? Dat kan. Kom dan eens kijken op www.drakeneiland.nl, luister naar het lied en zing mee!

Je kunt het je klas leren als je een boekbespreking houdt over Drakeneiland. Laat het me even weten, dan krijg je boekenleggers om uit te delen, plus een Drakeneiland-poster (zolang ik die nog heb).

Op de website is nog veel meer te vinden over het eiland. Je ziet waar de kinderen wonen en wat voor hen belangrijke plekken zijn. Je kunt er aan de weet komen wat elk kind heeft uitgehaald. En wie vrienden is met wie.

Je kunt een boek winnen als je me schrijft wat je van Drakeneiland vindt. De leukste reacties worden op de website geplaatst. Heb je een idee voor een verhaal? Stuur het me op! Als ik je idee gebruik, geef ik je een rol in het boek. Dat overkwam bijvoorbeeld Julia, die een spannend begin instuurde en nu een van de hoofdpersonen is in *Bedrieger op Drakeneiland*.

Winnen kun je ook als je de quiz doet. Echte Drakeneiland-kenners krijgen een verrassing opgestuurd.

En dan wil ik nog iets vragen: schrijf een stukje over het Drakeneilandboek dat je gelezen hebt. Goed geschreven recensies worden op de site geplaatst.

Veel kinderen hebben het gevoel dat Drakeneiland werkelijk bestaat. Doordat steeds meer kinderen in Drakeneiland geloven, wordt het steeds echter. Wie weet kun je er nog eens zelf naartoe!

Lydia Rood

Dolfijnen op
DRAKENEILAND

Lydia
Rood

Leopold

Het zesde boek over Drakeneiland verschijnt november 2010. Lees alvast een fragment!

Dolfijnen voor Drakeneiland

Marisol wikkelde de handdoek van haar heupen en liet hem op het zand vallen. Ze huiverde; het was nog heel vroeg, de zon kwam pas net op. Maar het zeewater zou warm zijn; dat had 's nachts geen tijd genoeg om af te koelen. Ze tuurde naar de zee. Kwamen de vissersboten al terug? Ze hoopte dat Sami als eerste terugkwam. Sami stelde geen vragen. Hij had zelf geheimen, vermoedde Marisol. Hij had haar geheimen niet nodig.

In het havenkantoortje was alles nog stil. Jonathan, de Vlootvoogd, sliep nog. Soms kwam hij tevoorschijn als hij de Vissers hoorde, om de boten vast te leggen en de manden met vis aan te pakken, maar meestal stond hij pas later op. Sami en Jelle konden het wel met hun helpers af.

Opeens zag ze van links de boot aankomen. Hij was al vlakbij, maar door het tegenlicht had ze hem niet eerder gezien. Ze liep naar de branding. Even later herkende ze Jelle. Ze ging de Pier op en hielp hem met het vastleggen van de boot. Ze droeg een mand vol glinsterende vissen naar het eind van de steiger, en toen nog een.

'Je wilt zeker weer een maaltje vis?' vroeg Jelle.

'Ik betaal er wel voor, hoor,' zei Marisol. Ze peuterde een paar spieën uit het zakje in haar bikinibroekje.

'Hoeft niet,' zei Jelle. 'Vertel me liever waar je die vis laat. Je kunt toch niet elke dag zoveel vis eten?'

Marisol zweeg. Liegen mocht niet op Drakeneiland, dat was tegen de Achtste Wet en de Schout was er heel streng op. Maar ze wilde ook niet vertellen wat ze met de vissen deed. Dit was haar geheim. Zelfs haar beste vriendin Moon wist er niet van.

Jelle hield een emmertje spartelende vissen omhoog. Marisol hield de lap op die ze had meegebracht. Jelle kiepte de vissen erin en ze bond de lap dicht tot een bundeltje.

'Nou? Wat doe je ermee?'

Op dat moment kwam de Vlootvoogd naar buiten. Hij wreef slaapzand uit zijn ogen en gaapte als een nijlpaard. Toen hij Marisol in het oog kreeg, zei hij: 'Ben je daar weer? Wel uitkijken voor de haaien, hè. Ik vind het maar niks als je er zo alleen opuit gaat. Je gaat veel te ver de zee in.'

'Maar ik ga niet alleen,' zei Marisol. Oeps, dat had ze niet willen verklappen.

'Je hoopt toch niet dat ik meega?' vroeg Jelle. 'Ik ga maffen, hoor.'

'En ik heb met Myrna afgesproken om verder te bouwen aan de nieuwe roeiboot,' zei Jonathan. 'Ik wil alleen niet dat je zo ver zwemt in je eentje. Die haaien verzin ik niet, dame.'

Gelukkig, ze hadden haar verkeerd begrepen. Bijna had ze het verraden!

'Ik doe voorzichtig,' zei ze tegen Jonathan. Toen zwaaide ze en liep naar het einde van de Pier, waar het diep was. Ze bond het bundeltje om haar middel en dook het water in. Met snelle slagen zwom ze naar het zuiden, waar haar vrienden als elke ochtend op haar zouden wachten.

Overleven op Drakeneiland
Het eerste boek over Drakeneiland. Mark denkt dat hij moederziel alleen is op Drakeneiland, tot hij omver wordt gereden door een jongen op een fiets. Op Drakeneiland blijken nog veel meer lastpakken te wonen! Maar waarom ziet hij nergens grote mensen?

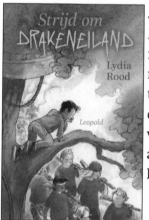

Strijd om Drakeneiland
Mo begrijpt niet hoe een groepje nieuwe kinderen zomaar de macht kan overnemen. Er zijn toch wetten? Als niemand iets doet, en er zelfs Drakeneilanders verdwijnen, beraamt Mo met anderen een moedig plan om Drakeneiland terug te veroveren.

Drenkeling op Drakeneiland
Jakko kan zijn ogen niet geloven. Onder de rots van de Verboden Kust ligt een man. Dana vindt dat ze hem moeten redden. Maar Jakko laat hem liever liggen. Want stel dat hij nog leeft... Wat moet zo'n volwassen kerel op Drakeneiland?

Vermist op Drakeneiland
Moon en haar vriendin Marisol
doen mee met de Kei en
Kanjerverkiezing voor Astalabiesta.
Drakeneiland bruist. Maar ook
wordt er geroddeld. Iedereen wil
winnen. Dan verdwijnt Marisol
spoorloos. Is ze weggelopen?
Verdronken? Of ontvoerd soms?
Moon móét haar vinden!

Bedrieger op Drakeneiland
Drakeneilanders zijn geen
lieverdjes, dat weten ze wel van
elkaar. Maar als een nieuw meisje
aan Wendel de beruchte vraag
stelt, zijn alle kinderen ineens
nieuwsgierig. Wat heeft de
Voorzitter eigenlijk uitgespookt?
Als hij het niet wil zeggen moet
wel heel erg zijn...

Dodeneila[nd]

Verboden kust

drijfzand

Donker bos

Kale Heuvels

Pi[...]

Waterval

Draken-baai

grot

Draken-kop

Meer van Glas

Pijnbos

Roversbaai

kustw[...]